此生须尽兴

池莉 王安忆 余华 等著

北京文学月刊社 主编

北京联合出版公司
Beijing United Publishing Co.,Ltd.

前 言

70年的文学风景

2020年9月，是《北京文学》创刊70周年大庆。

70年，是历史的一瞬，却是一本杂志漫长的历程。70年，一路风雨，一路坎坷，一代代编辑家高扬文学理想，不辞劳苦，风雨兼程，长年累月在《北京文学》默默耕耘，一批批作品在此问世，一茬茬作家在此成长，一代代读者执着关注、倾情阅读……

70年来，《北京文学》始终是新中国文学百花园里不可或缺的重要苗圃和亮丽风景。因此，为《北京文学》70年历程撷取一处处风景、一丛丛花卉，便自然而然地成为我们为创刊70周年庆典献礼的重要计划和自觉行动。然而在这漫长的70年里，所发表的作品数以万计，时代跨度大，作家人数多，内容浩如烟海，风格多种多样，作品选择难度很大。

为了尽可能客观、准确、全面反映《北京文学》创刊70周年不同时期作品的风貌，从2019年下半年开始，《北京文学》编辑部就组织全体编辑反复策划研讨，对70年以来在《北京文学》发表过的作品反复讨论、遴选，同时向不同时期曾经在《北京文学》担任过编辑部负责人的一些前辈征求意见和建议，还与本丛书的出版合作方北京华景时代文化传媒有限公司一起，从读者和市场的角度出发，沟通协商，共同研究，最终确定《北京文学》

70周年经典作品系列丛书出版篇目，包括中篇小说卷2册、短篇小说卷1册、报告文学卷1册、散文卷2册，总共4卷6册。

中篇小说卷收集了邓友梅、徐小斌、余华、刘恒、刘震云、李佩甫、毕淑敏、谈歌、迟子建、蒋韵、叶广芩、李唯共12位作家的12部中篇小说。

短篇小说卷收集了浩然、张洁、方之、王蒙、王安忆、汪曾祺、陈建功、林斤澜、曹乃谦、刘庆邦、铁凝、韩少功共12位作家的12篇短篇小说。

报告文学卷由于文体本身有时效性的局限，仅精选了刘国强、陈廷一、李忠效、陈新、叶多多、党益民共6位作家的6部报告文学作品。这6部作品，聚焦改革开放以来举世瞩目的中国梦想、中国故事、中国人物，呈现艰苦奋斗、无私奉献、奋勇争先、开拓创新的时代特征和民族精神，特别是彰显感天动地的爱国情怀，值得我们弘扬与铭记。

散文卷，由于文体本身篇幅相对短小，收集作品数量相对较多，达到33篇，分上、下两册。这33篇作品，作者阵容强大，既有史铁生、汪曾祺、贾平凹、梁衡、池莉、周大新、王安忆、毕飞宇、蒋韵、蒋子龙、梁晓声、陈世旭、余华、肖复兴等众多名家，又不乏朱鸿、江子、蒋殊、陈启文、杨献平、陆春祥、詹谷丰、陈奕纯等散文新锐作家，33篇作品题材广泛、内容丰富、风格多样，可谓篇篇精彩，美不胜收。

可以说，这套丛书所收集的作品都是不同时期广受各界读者关注、阅读和传诵的经典名篇，从不同角度反映了《北京文学》70年走过的风雨历程，展现了70年来的作品精华和不同时期的刊物风貌，也基本上代表了70年来《北京文学》作品的最高水平。

尽管如此，由于《北京文学》70年来刊发的作品众多，时间跨度大，更由于资料、篇幅及我们的编辑视野所限，本次编辑的丛书仍无法囊括70年来的所有精华，肯定会有遗珠之憾。在此，恳请广大作家、读者及编辑前辈予以理解和谅解，同时我们也诚恳期待各界朋友的批评指正。

70年的《北京文学》，承载着我们的共同理想，凝聚着我们共同的心血、智慧与汗水，也镌刻着我们共同的记忆与足迹。值得欣慰的是，所有这一切，都已经构成新中国文学发展史重要的组成部分，成为新中国文学发展史上一道亮丽的风景。

借此机会，我们谨向70年来所有为《北京文学》付出过心血和汗水的文学界前辈致敬，向广大作家和读者朋友致敬！

北京文学月刊社

2020年4月

目录

第三辑　活着，就要热气腾腾

你一定天赋异禀，不然怎么把生活过得这么风生水起呢？

第一辑

诗酒趁年华

大栅栏咏叹调

肖复兴

以前，只要是到北京来，谁能够不去大栅栏呢？就好像现在外地人来北京，谁能够不去王府井呢？到北京的旅游项目之一，就是到王府井逛逛，打着小旗子面目毫无表情的导游，挎着大包小包累得坐了一地的游客，在王府井这条步行街道上，到处可以看见。可以这样说，眼前王府井的景象，大致就是以前大栅栏的拷贝。

但是，现在，外地人已经很少到大栅栏来了，北京人更是没有兴致到这里来，偶尔会有我这样的老北京人到这里怀怀旧，是少之又少的了。时尚的年轻人，到西单的中友，到建国门外的赛特，到宣武门外的SOGO，哪怕是到雅秀和万通去，谁会到这里来呢？购物一条街的词典早把“大栅栏”这个词抠出去，甩到一边去了。

现在的大栅栏，除了同仁堂、瑞蚨祥、张一元，还有前些日子把妇女商店又改回了原来的祥义号，这四家老字号还顽强地挺立在那里，像是四根柱子，有些力不可支地支撑着大栅栏没有彻底的坍塌，大栅栏真的是姥姥不疼舅舅不爱似的，人老珠黄，衰飒如此。

是啊，以前，到北京来，谁能够不去大栅栏呢？非要去大栅栏干吗？就因为大栅栏里的老字号多。以前的民谣说：大栅栏里买卖全，绸缎烟铺和戏院，药铺针线鞋帽店，车马行人如水淹。这里说的买卖全，全都是老字号，可以说，没有一家没有出处，没有一家没有来头的，没有一家没卖出个特色的。

为什么大栅栏能够如此红火？它旁边从前门楼子外往南开始数，和它平行而列的廊房头条、二条和三条，应该说最早和它是同时落生的亲兄弟，大栅栏以前就叫廊房四条，四条胡同是平起平坐的。清乾隆时怕百姓造反，在它的东口和西口安上了高高的木栅栏，名字才改叫大栅栏的（这木栅栏在光绪庚子年间被义和团的一场火烧干净，后来改建铁栅栏，一直到新中国成立的时候还在）。为什么那几条原本也是风风火火的胡同，到后来渐渐地都没有它风光了呢？

在我看来，有这样几点原因：一是清时这里紧靠皇城，进出城这里最近、最方便，自然得风气之先；二是原来大运河的水运码头，从什刹海南移到城南大通河下，三里河的漕运离大栅栏不远，后来的京奉京汉火车站，也开在前门楼子一左一右，交通便利，京城首屈一指；三是附近会馆多，北京城400多家会馆，有300多家在附近，商人往来多，商机自然也就多，买卖就容易在这里扎堆儿；四是一般百姓从前门逛厂甸走杨梅竹斜街，或从广安门到虎坊桥走李铁拐斜街进城，大栅栏是附近最宽敞的街道，便都成了必经之地，人来人往，人气容易凑齐，自然而然就足。当然，有人认为，大栅栏里有戏园子（附近还有，如广和楼、中和戏院等），附近又有八大胡同，也是让它想不火都不行的一个因素。这应该也是对的，娱乐业的发达，和大栅栏这条商业街的发达相辅相成、相互促进，自然是相得益彰，水涨船高。

现在的大栅栏，已经很乱，改建和新建的店铺，连结构带门脸，都变得面目皆非，过去的日子，掩埋在厚厚的尘埃里，过去的历史，更是随风飘散得没有了踪影。尽管在东口竖立起了写有“大栅栏”的仿古的牌坊，但毕竟不是以前的真东西，像是戴在头上的假发。就是现存的同仁堂和张一元，门面都已经不是原先的了。同仁堂的西墙上“同仁堂老药铺”那两排大字，原先是单一座影壁，立在门框胡同对面的，现在的是移花接木了，字也是按照老照片描上去的。可以庆幸的是，瑞蚨祥基本保存了下来，可以说是大栅栏唯一幸存的活标本了。大栅栏如此的变迁，损失惨重，已经如人一样脱了形，让人不忍目睹。想想，其实好多是我们人为造成的，我们不知道珍惜，不懂得那曾经是我们一笔无法再生的财富，就像树上的叶子，落下来了，即使还能够再长出来，但已经不再是原汁原味原来的叶子了。也就是说，即使我们还能够恢复原貌，也只是赝品而已了。我们现在只能够这样安慰自己，大栅栏已经被糟蹋成这样了，退而求其次吧，即使是赝品，如果整治好了，也会聊胜于无。

我最近连续去大栅栏好多次，我渴望弄明白原来的样子，那些曾经风光一时的老字号到底都在什么位置。如果有一天能够实施对大栅栏的改造，会不会真正和以前一样，而不会桃代李僵，加进自以为是的东西。

大栅栏一条街，并不长，只有275米，宽也就是5米左右，这样一条街，是无法改造成现在的王府井的，更不可能改造成为现代意义的商业街的。在这样一条短短的街上，在民末时候左右挤满了80多家店铺，而且家家都是老字号，那该是何等的风光，又该是何等的财富。我请教一些人，也找了好多材料，参考了《宣南鸿雪图志》和王永斌老先生所著的《北京的商业街和老字号》，终于基本弄清楚了这条老街的本来面貌。我愿意提供给对大栅栏有兴趣的人，再去那里的时候，可以对照一下新老店铺的位置和样子，去发一点感慨和思古之幽情。

从大栅栏东口往西，南面依次是：公兴纸庄（粮食店街口）、长和厚绒线店、逸民药房、长盛魁干果店、四箴药房、精明眼镜店、东兆魁帽店、吴德泰茶庄、天蕙斋鼻烟铺、及时钟表店、恒义钟表洋货店、协盛祥新衣店、宏仁堂药铺、瑞蚨祥货栈、步瀛斋鞋店、华美药房、三庆戏园、三盛荷包店、张一元文记茶庄、东方鞋店、同仁堂乐家老铺、保泰和药店、达昌眼镜行、聚文斋帽扇庄、欧美大药房、聚明斋帽扇店、德隆皮货店、老美华鞋店、云香阁香蜡店贸栈、银号、华盛顿钟表行、生大漆店、达仁堂药铺、大观楼电影院、兴顺纸烟行、白敬宇眼药房、远东帽店、万顺果局、信增钟表行。

北面依次是：滋兰斋糕点铺、晋昌果局、有福来纸烟店、文魁斋糖葫芦铺（珠宝市口）、天信成绸布店、祥义号绸布店、东鸿记茶庄、聚兴烟店、聚庆斋饽饽铺、瑞蚨祥绸布店、二妙堂咖啡馆、庆乐戏园、马聚源帽店、同济堂中药铺、盛祥新衣庄、临汾会馆、厚德福饭庄、广盛祥绸布店、凤翔金店、裕丰烟铺（门框胡同口）、同乐戏院、一品斋靴鞋店、大香宾饭店、广生行化妆品行、老德记大药房、瑞蚨祥皮货店、美华鞋店、朝鲜人冰棍房、老九霞鞋店、西鸿记茶庄、瑞蚨祥西号、大昌源鞋店、广德楼、永顺和干果店、屈臣氏药房、永和茶汤铺、聚顺和干果铺、永利果局。

如此众多的店铺蒜瓣一样挤在一条街上，真正是寸土寸金，人来人往，摩肩接踵，热闹得不同寻常。那时的竹枝词云：箫管歇余人静后，满街齐响自鸣钟。看，就是所有的店铺关门之后，从各家店铺里传出而响彻满街的钟声，该是多么悠扬，那该是一种什么样的情景，即使是在现在的商业街上，能够看得到吗?

这些众多的店铺，许多是我没有见到过的，但我要说说我见过的或听说过的几家。

对于我们孩子而言，最感兴趣的是大栅栏里的那几座老戏园子。大观楼，是一百年前中国第一家电影院，新中国成立以后放映宽银幕电影，它也是第一家，现在成为气派的电影博物馆。中国第一部电影《定军山》就是那儿拍摄的，当年演出《定军山》的谭鑫培先生的剧照就挂在那儿，如今新拍的故事片《定军山》的首映式自然选在了那儿。

广德楼，它是清嘉庆年间就出现的老戏园子。不过光绪庚子大火把它也给烧了，我们见到的它，是1904年重建的，在大观楼的对面，很窄的一个门脸。我小时候，它还在，而且是1904年的老面貌。那时候改名叫前门小剧场，很长一段时间演相声，很多相声演员都在那里演出过。演出的形式很特别，是按时收费，每10分钟收2分钱。你随时可以进去，爱听多听会儿，不爱听，可以拔脚就走。因为每10分钟才收2分钱，是消费得起的。我们那时候经常到那里听相声，我弟弟是个相声迷，更是常常旷课跑到那里，然后跑回课堂上，在上课的时候就忍不住把刚刚学来的相声悄悄地说给同学听，听得同学哈哈大笑，少不得老师的批评，然后便是老师找家长。但是我弟弟依然走着逃课到广德楼到教室到老师办公室到找家长再到广德楼的老路，循环往复，乐此不疲。

再有便是门框胡同口的同乐，同乐以前叫同乐轩，这多的一个轩字，更像是茶馆，不大像戏园子。它是清光绪初年建的，不大，据说，不能够演正戏，只能够演一些文戏里的折子戏。我们见它的时候应该是它最为辉煌的时候，它那里演电影，剧场里的几根柱子，给我的印象最深，那柱子是北京老式茶馆里才会有的样子。如果买的票座位是在柱子边上，那柱子遮挡视线，总得歪着头，一场下来，脑袋歪得很累。散场的出口在门框胡同里面，正好可以吃点小吃，一举两得。它后来还演过环形立体电影，也算得开风气之先。而且，它就那样驴死也不倒架，一直挺立到20世纪80年代末。记得那时我恋爱的时候，还专门到那里看电影，看过电影，再带着对象穿街走巷到打磨厂的老宅看看，想想就像发生并不太久的事情。

庆乐也是一家老戏园子，据说最早开在明末清初，到清末已经是很有气派的剧场了，临大栅栏门口先是立一块牌坊，进牌坊有几十米长的一条走廊，那派头有些像广和楼。据说戏台也大，台前的两根大柱子之间就有5米多，柱子上有对联：大千秋色在眉头，十万春华如梦里。气派也很大。我小时候去那里，已经没有门前的牌坊和台前的对联了，那时，李万春和他的鸣春社常常在那里演猴戏。后来在“文革”前后，改成风雷京剧团，在那里演出过现代戏，还一度改成了杂技团，有些二八月乱穿衣，乱了章程。

二妙堂咖啡馆，在传统商业气息浓厚的大栅栏里，可谓是独领风骚。它原来紧靠着庆乐的南边，是戏散场之后人们最好的消遣去处。它开在戊戌变法的1898年，可以说是变法的产物。作为西式的咖啡馆，是老北京最早的之一，而且挤进大栅栏，想象得出当年西风东渐的劲头很猛。可惜，我没有见到它。我专门请教过附近在这行当里干过的老人，他告诉我，二妙堂是座二层小楼，楼下卖一些牛奶、冰激凌、沙氏水、柠檬水等冷热饮和西式小点心，楼上是咖啡座，人们可以上楼喝咖啡歇脚消磨时光。

厚德福，也是我没有见过，却是非常向往的地方。它是北京城开业最早的一家河南餐馆。开业和袁世凯当了大总统有关，因为袁是河南人。梁实秋先生专门写过文章，盛赞那里的名菜铁锅蛋，说是“厚德福的铁锅蛋是烧烤的，所以别致。当然先要置备黑铁锅一口，口大底小而相当高，铁要相当厚实。在打好的蛋里加油盐作料，羼一些肉末一绿豌豆也可以，不可太多，然后倒在锅里放在火上连烧带烤，烤到蛋涨锅口，作焦黄色，就可以上桌了。这道菜的妙处在于铁锅保温，上了桌还有嗞嗞响的滚沸声……”可惜，如今这道铁锅蛋已成绝响。我专门请教曾经在厚德福干过的老人，他告诉我，其实铁锅蛋里加的东西还有很多，还有鱿鱼、海参、干贝、海米、玉兰片、南芥菜丁，再加上头汤，放在微火上还得不停使劲地搅拌。厚德福还有道有名的菜，梁实秋没说，厚德福的鸡菜都是打名人的牌，比如三国的司马懿是河南怀府人，便有司马怀府鸡，包青天是河南开封人，又有包府玉带鸡。他还告诉我，厚德福门脸很小，在一条黑乎乎的窄胡同里，胡同口在大栅栏，里面的座位也不多，都是老主顾去，一般找都难找。他又告诉我，梁实秋总写厚德福，因为他的爷爷是清朝里四品大官，厚德福开业时，是厚德福的大股东。

我特别要说的是大栅栏南口的天蕙斋，这是一家老鼻烟铺，开业在清道光年间，庚子大火烧毁，它在原地重建。鼻烟作为一种闻品，现在已经很少人喜欢了，但在清末民初，它却很有市场，就像现在的香烟一样，分为十级，档次高低，价钱不等，满足不同人等的需求。上好的鼻烟，一两相当于当时44斤一袋洋面的价钱。梨园行里的人，对鼻烟情有独钟，天蕙斋是他们常去的场所，边闻鼻烟边聊天说事，成为一种享受。据叶祖孚先生讲:“天蕙斋是一间门脸，分前柜后柜，两间小房，演员们在前台聊天，后柜则是他们授艺说戏的地方。你要是找哪位演员，在别处找不到，到天蕙斋一准能够找着。天蕙斋实际上是京剧演员的‘文艺沙龙’。”

我对天蕙斋的认识，来自我们大院里老孙头。他住在我们大院东厢房把着最北头的一间小屋，和老伴同住。老孙头是个英文翻译，家里常有外国人来，他在家里上班，就是翻译一些文字材料。在他的家里，有我们院里唯一的一台小电风扇和一架打字机，都是那时的稀罕物，我们小孩子常到他屋里看那两个洋玩意儿。他家的孙老太太爱闻鼻烟，孙老头常常打发我们小孩子去买鼻烟，点名一定得去天蕙斋买，我们便拿着钱像是拿着令箭一样去大栅栏，买回来鼻烟，找的零钱，老孙头不要，让我们拿去买糖吃。我就是在那时认识了鼻烟，也认识了天蕙斋。

它在一个高高的台阶上，门脸瘦长，被两边的店铺挤压得像是茯苓夹饼。如果同仁堂和瑞蚨祥的门面像是排场的将军，她真的像是一位瘦骨伶仃偏又穿着一袭长旗袍的骨感美人。那旗袍就是它的高台阶，一褶褶曳裙拖地的样子，印象总是很深。也许，是那时我们个子太矮的缘故，台阶才越发显得高。有人说，大栅栏里，门脸最小最窄的，是天津人来京开在路北的有福来纸烟店，我看最小最窄的是天蕙斋。那里的鼻烟有一股怪味，我们在买回鼻烟的路上，偷偷地闻过鼻烟，刺鼻子得很，实在猜不透孙老太太为什么偏偏喜欢这玩意儿。但那里的鼻烟壶，画得非常好看，什么样的图案都有，像是我们那时经常看的小人书一样，比小人书还好看，因为都是彩色的。而且，我们听老孙头说那些画都是画在鼻烟壶里面的，我们都异常奇怪，鼻烟壶的口那么小，里面的画怎么画进去的呢?

天蕙斋一直挺立到70年代，也算是不容易了，最后，和聚庆斋饽饽铺合并在一起，鼻烟和点心，风马牛不相及，让人匪夷所思。我去大栅栏几次，连它的具体位置都找不清楚了。它就像一个梦，随着老孙头老夫妻的先后去世而消失得没有了影子。

现在，在大栅栏里面，路北的一座开架式的商店里，辟出一角，挂起了天蕙斋的牌子，卖香烟，也卖一点儿鼻烟和鼻烟壶，只是成为一种象征性的存在了。没有原来的高台阶和前柜后柜的样子，天蕙斋只剩下了一块牌子，而且那牌子还不是原来的老牌子，只是“天蕙斋”三个字了。

是的，几乎绝大多数的老店铺，都已经和天蕙斋一样从大栅栏这条街上消失了。也有个别重张旧帜的，却根本不是原本的意思了。那天，我看见庆乐门里门外正在装修，长长的走廊里灯火辉煌，里面的梁柱顶棚墙壁阁楼也弄得是金碧辉煌。我打听庆乐是不是要重新开张。正在施工的人告诉我：不是再演戏，是要招租卖东西。也就是说，将原来的大戏院变成了一个个摊位卖东西的市场，就像雅秀和万通一样。这样的市场，在北京还缺少吗？为什么偏要在大栅栏这条老街上，在庆乐这家老戏园子里，再建这样的市场呢？我们的思路，就不能更远一些，想到大栅栏的整体改造的规划之中吗？我们的想象力，只有建这样招租式的商场一种模式吗？

作为大栅栏，在北京城，是唯一的，它因有厚重的历史积淀，在它的地面生长出东西，和别处就不一样。如果仅仅是这样各自为战，大栅栏会像是切猪肉在卖一样，分割得零碎而只能够变成一个大的贸易市场。听说大栅栏正在进行整体规划，我希望它真正能够改变现在的令人心酸的模样，如果能够把它改造成为明清时候的一条民俗街，所有的或大部分，哪怕只是一部分的店铺呢，还能够恢复原来的样子，里面不再仅仅是卖货，或者根本不去卖货那样的实际而实用，而是变成了一种展览，为人们观看流连，多给人们一些历史的信息和气息，那么，整条大栅栏街，不就是一座最具有特色的民俗博物馆吗？

试想一下，你可以在瑞蚨祥里看到当年山东人最初在附近的布巷子里如何经营布匹的，又是如何创建了瑞蚨祥乃至最后鼎足而立的全北京的八大祥的历史；你可以在天蕙斋里看见那些京剧界里大腕自己和鼻烟一起兴衰的历史，看到那些从料壶、瓷壶、翡翠壶、玛瑙壶，到水晶壶那些名目繁多色彩纷呈的烟壶艺术，以及与此相关的典故逸事；你可以在同仁堂里看到一部比电视连续剧《大宅门》还要精彩还要惊心动魄的发家史，是如何和我们民族的兴衰密切关联的药业发展史；聚明斋和聚文斋扇庄里看到中国自明朝就有的折扇团扇的传统工艺，看到那玲珑剔透的扇子是如何在匠人的手里巧夺天工而制作出来的；你可以在庆乐、同乐、三庆、广德楼和大观楼里，看到一部从徽班进京两百多年以来国粹京戏的发展史和剧场的发展史（大观楼现在正在改造成中国电影百年历史的博物馆，多好啊）……然后，你还可以再到厚德福吃一回铁锅蛋，到张一元喝一壶正经的茉莉花茶，到二妙堂的楼上品一回咖啡或老式的沙氏水，到聚顺和干果铺和长盛魁干果店买一点正装的北京的果脯和糙细杂拌儿，到聚庆斋饽饽铺或滋兰斋糕点铺买一包用老式蒲包再盖上一层油纸和红纸的大小八件，那该是一种什么样的情景，什么样的滋味？

当然，如果到了夜晚，能够恢复花灯，就更好了。在老北京，大栅栏的花灯是一绝。旧时《帝京岁时记胜》里说起花灯："正阳门之东，打磨厂、西河沿、廊房巷、大栅栏为最。"那时还有这样的民谣流传：大栅栏里观花灯，冰灯纱灯分外明，人群拥来又挤去，只见人头乱摆动。那样的一街人和一街的花灯灿烂如水地流动着，即使大栅栏再也无法回到原先的大栅栏了，但是，大栅栏还是现在的大栅栏吗？

2007年元月改毕于北京

原载《北京文学》2007年第6期

从北京到北京的距离

陈启文

一

我到北京的距离是一个晚上。通常我都是在头一天夜里从我居住的那个城市坐上一趟特快，睡一觉，睁开眼睛时，到处都亮了，透过远郊越来越茂密的树林，可以看见辽阔天际的云霞，一个远在天边近在眼前的伟大而神秘的城堡，呈现在天地旷野的正中央，浑身闪烁出圣洁的光环。这就是我对北京的感觉。此时，我完全被唤醒了。

北京永远都让你以一种庄严的眼光去打量。这其实与天安门无关，与故宫无关。即便你去看街边上一个卖纸烟的北京大爷，也能通过他，看到他背后隐含着的某种尊严。很少听见北京人吆喝。大爷戴着皮帽子，穿一件褪了色的老式军棉大衣，两只翻毛皮靴四平八稳地踏在地上，走近了，便看见一张威严里堆满了皱褶的脸。我用手指着一包烟，大爷说五块。我说四块五，大爷说上别的地儿买去。我佯作要走，大爷端坐不动，我走到很远的地方，又看见一位大爷，怎么看还觉得就是刚才那位大爷。北京就在这些一模一样的大爷背后，你要跟他砍价，没门。北京不是个可以讨价还价的地方。

北京之大，是一种“海纳百川，有容乃大”之大。北京包容一切，亦可消化一切。北京很傲慢，但没有偏见，他把所有的人都视作自己的子民。坐着板儿爷的洋包车在老胡同里逛着时，板儿爷问你，哪儿来的啊？你告诉他，湖南来的。噢，板儿爷“噢”一声，湖南好啊，湖南出了个毛泽东啊。如果你告诉他是广东来的，噢，板儿爷同样“噢”一声，广东好啊，广东有钱啊。板儿爷这样“噢”着，夸奖着，像个长辈在夸奖自己有出息的儿子，你下意识地就会觉得，北京的确像是一个严厉而慈祥的父亲。

北京让你感受到那种首善之区的宽容，也总给你一种无所不在的强势的逼迫，甚至，有些霸道，总要把自己的意志强加于你。北京无所不在地强调着自己的意志，主流的意志，不可改变的意志。你只能服从。制度化的城市是刻板的，也是强大的。那种行政命令的口吻有时并非由行政机关发出的，坐在出租车上，那位的哥随时会命令你把保险带系上，没有一点商量的余地。但你并不觉特别刺耳，你一到北京就奇怪地习惯服从各种命令了。不到北京不晓得官小。这不是一句玩笑话。一个在当地骄横跋扈权力膨胀得跟小皇帝似的县长或处长大人，一到北京就泄气了，他不可能在这里前呼后拥颐指气使了，他们开始变得谦卑，开始咬紧牙关，生怕说错了话，说出了他那个小地方的古怪方言。兴许，那气也该有个地方来泄一泄的，回去后至少可以清醒几天，知道天有多高地有多厚了。

北京之大，更多的还是体现在距离上。从北京的一个地方到北京的另一个地方有多远？这距离是以时间的方式存在着，而不是以道里计。我算过，从东土城到北京西站，差不多要一个小时。这在我们那儿，差不多是两座城市之间的距离。这还要看顺不顺利，总在你尚未精确地计算出这个数字之前，你可能已经遇到了——堵车。我时常感到奇怪，这样大的一座城市却感觉不到任何混乱，哪怕拥挤也是排着队的拥挤。一切都已仿佛置于某种无名的意志下，被堵住的车辆不会像别的地方那样四处泛滥。它们依然秩序井然地排着队。没有人想要超车，没有人骂娘，更没有旁门左道可走。在北京想找到捷径很困难。这种异常缓慢的等待，仿佛一切都处在缓慢的进化过程中而不是行进中。不着急是不可能的，尤其在急着赶火车时或急着去办一件什么事情时，哪怕坐着，你也会急得踮起脚尖。你急，但开车人不急。我怀疑在他们背后隐藏着某种哲学上的理智或信念，就像尼采所说的，一切都是顺序，包括堵车，包括等待。你看着那位的哥时，他两眼就会露出无比坚毅的目光来。我还从未看见过这样信心百倍的等待。他们在拥堵中表现出的良好的教养也是别的城市所没有的。——我说的是现在。现在，许多人可能都注意到了，北京人脾气小了，脏话少了，反而更大气了。这需要磨炼，需要阅历，他们肯定比我更明白，除了等待，你别无选择。但奇迹般地，我又总能在最后一刻赶上那趟车，或办完一件什么事。

现在我理解了，我北京的朋友们为什么很少互相往来。他们住在同一座城市里，大多数时间却只能像在两座相隔遥远的城市里那样互相思念。我也时常会按照自己的想法去为北京担忧，我不知道如此漫长的等待会让北京的脚步该怎样疲惫拖沓。然而我的担心好像又总是多余的，就在这样的等待中，这座城市已经发生了变化，你突然发现哪里又冒出了一座楼，猛一看，一棵树又长高了不少。

我朋友有一辆很高档的轿车，揭开顶棚你就可以站起来“检阅”了。某年国庆，天安门广场人山人海，我朋友驾着轿车绕广场缓慢而庄严地行驶着，他突然把手一挥，命令我“检阅”一下广大革命群众。我缓慢而激动地站了起来，用我浓重的拉长了的湖南口音缓慢而激动地喊，同志们——好！话音刚落，立刻响起了一片欢呼声，首长好！首长辛苦了！我突然感到害怕起来，我的恐惧并非来自广场的欢呼声，而是吃惊于一股巨大的暗藏的力量。我惊呆了，好半天一动不动地呆立在那儿，只觉得脊背上流下一股股冷汗。直到我朋友开着车驶离广场之后，我低沉地呻吟了一声，然后机械地拉下了头上的顶棚。我都不知道自己刚才都干了些什么。

那一刻，我确信，我是一个外人。

二

在北京，我住得最多的一个地方，是菜市口。那里有一家很适合我这种小地方来的人居住的旅馆。我孤身一人在这里住着时，从来没有漂泊异乡的孤独感。傍晚时我喜欢在这里闲散地踱步，黎明时，我喜欢听燕子和鸽子的呢喃，北京一下变得充满了生活的味道。这让我时常会有一种错觉，我已不是从外地来的一个匆匆过客，我一直就住在这里，生活在这里。我喜欢这里的干净，有风也有阳光，人也不太拥挤，而且非常方便，它离很多我想去的地方都很近，陶然亭，天坛，大观园，琉璃厂文化街……

走几分钟就到了邮局，可在第一时间买到全国出版的最新报纸和杂志。紧挨着邮局就是地铁口，想去哪儿就去哪儿。想看看书，一条路上就有两三家书店，都不大，但书很上档次，商务，三联，中华书局，在这样的书店可以“泡”，就是泡上一整天也没有人撵你。饭馆也多，而且便宜实惠，手擀的鲜汤饺子，三块钱可管你吃饱，还送上一份酽酽的热汤。你真是觉得什么也不缺了，连你没想到的，也都有人给你想到了。每次我在小饭馆里吃了晚饭出来，回住处时，就有一位姑娘，站在那儿，一种楚楚动人的风情，她问，大哥，闷不？千万别误会，这姑娘并没有别的意思，在她身后，是一家小小的钢琴酒吧，在那里可以听到肖邦的小夜曲。

在夕阳的余晖中与一条老胡同相随而行，墙壁上挂满了各种花草爬藤。我沉浸在浓郁的老北京的文化氛围里，走进这样的地方，你才感觉到胡同和四合院是结伴而生的，乍一看，一幢幢灰色旧楼就像刻出来的版画，木刻画，它与江南那些田园诗或水墨画般的老建筑是完全不同的风格。我喜欢在这里悠然自得逛着。每一条胡同，也可能是另一条胡同，它穿过一个朝代，又一个朝代，从元明清延续到现在，很多东西混杂在一起，让我感到迷茫，难以分辨。这是北京离北京很远的另一个原因，现实与岁月交织在一起。夜里从路灯昏暗的胡同里穿过，感觉就像穿过福尔摩斯的小说情节，除了其间隐藏的复杂，还有一种强烈不安的预感。看见对面走来的人，一个个神情恍惚如梦游一般，似乎一不留神就突然看见了另一个世界上的东西。偶尔也会想起来，这里是谭嗣同被杀的地方，但早已闻不到一点血腥味了。无数脚步匆匆踩踏过死亡的地方。一百年了。我在这里回望那早已消逝的一切，一段黑白年代的记忆。

但在四合院最多的地方，要想看见一座四合院是不容易的。我是说，现在的北半截胡同那间四合院，谭嗣同的故居莽苍苍斋。我其实没想过要去那里，我甚至压根儿就没想起过那里还有这样一座四合院。但我还是不知不觉地走近了，要说其实不难找，也不远，沿菜市口大街西边往南走几十步远，人行道边上的一个土坡之上，就是。这让我感到意外，这种无意中的发现总让人觉得意外，而更令我感到意外的是，一个人的出生地与他的就死处，竟会这样近，很难想象一个人从人生的另一头走到这一头，竟然走了整整三十六年。这是多远的一条路？我感觉我已经走进了一个世纪之前的某个傍晚。这是我第一次走得离北京这样近，以无意的方式。这院子里现在居然还住着人，我看见了煤炉里冒出的黑烟。我吃惊地看着烟雾后面那个生炉子的大爷，他走过来了，蹒跚着，仿佛是从历史的幕后走过来的。从他苍老的脸上的神情可以看到和我同样的迷惘。

像这样的四合院，这样的来历，北京还有很多，也大都处于一种被遗忘的状态。但我很庆幸它们被保存下来了，哪怕是保存在一种遗忘的状态。从里边出来，我看见门口有一棵树，不知是什么树，是那种可以一边落叶一边又同时长出树叶的树。我还像刚才那样慢慢溜达着，此时，老胡同里真是静极了，夜色突然变得很深。脚底下有了一点闷闷的回声。这才觉得，北京很大，也很深。

隐居于这些老房子里的不仅只有老北京的记忆，还有生活，老北京的生活。譬如说，去老舍茶馆喝盅茶，吃点京味儿小吃，看看戏。老舍茶馆的风格也是叫我喜欢的，红色的门廊，眼睛被一盏一盏的红灯笼照着，满眼红彤彤的喜气色彩，连影子也红透了，一派的朱红，中国红。那八仙桌，那靠背椅，却是别出心裁的黑，黑得耀眼地发亮。这样的红与黑，深厚，恒久，大俗中的大雅，适合平民，也适合文人。二三好友围坐一席，嘴里有吃的，耳里有听的，眼里有看的，一个个幽静细长的女子，穿着旗袍，仿佛正从清朝走来，脸儿润白，俊俏，含着一点儿笑，在满座的宾客中来回斟茶，而你往这椅子上一坐，便不可避免地陷入了一种生活方式。这是一个可以忘掉时间的地方，一个连你自己也要忘掉的地方。丝毫没有察觉，你也成了这里的一种布景和效果。叫板的痛快，品茶的悠闲，真可谓是完完全全的老北京的风韵，只有茶是不老的，如花般鲜嫩的，清纯的，每注一缕热水，从根一直漫向芽尖，——我感到了一种重生般的生长的力量。轻轻啜饮一口，仿佛吸了一口春天的气息。杯中香气缭绕，台上余音绕梁，这座上闲情，这缓慢悠闲地打发时光的方式，在这疲于奔命的年头，已不是消遣，已经是一种忘我的境界，您哪，已是一位地地道道的老北京了。

三

从北京到北京，还有一种距离，在一个人的仰望中。每次我这样仰望时，似乎是在观察一个距离更远的北京。太多的蓝图，太多的建筑工地，太多的轰轰烈烈的挖掘机和脚手架，脚手架上的小旗子，太阳在头顶上威严地移动，一群寂静地飞过的鸽子……

北京的心脏部位，被一块一块地掏空了。

那里原来都是老房子，四合院。北京的四合院和胡同以老城区最多，也就是城市的心脏部位。奇怪的是，偌大的北京，无数的四合院，但从未变成过迷魂阵，我也从未在这里迷失过方向。天长日久，这些老胡同老房子，它们就那么默默地和时间较着劲。许多老房子也实在太老了，都已十分破旧，但这些老房子破而不败，骨子里有一种属于北方的硬朗而强悍，不会像潮湿的南方那样糜烂。看了这样的老房子你会想到一个词，坚守。坚守到最末一刻。这样的房子不会被时间打败，而是被人类打败。新中国成立之初梁思成先生痛哭流涕地上书，希望能把北京古城完整地至少是成片地保存下来，结果他的意见却只有很小的一部分被采纳了。北京拆了牌楼，又开始拆团城，拆团城是为了方便中南海车辆的出入。为此林徽因大骂主管文化文物的副市长吴晗。林徽因是淑女，吴晗是历史学家，可骂他又有什么用，那时谁都想要把一座古城的命运就像一张白纸那样翻过来。到现在，尽管故宫还在，天安门还在，但你站在天安门广场上四下一望，到处弥漫的现代气息已经明显占了上风。

我不禁感慨起来，又觉得这感慨有点多余。

从理性的视角去看，保存是必要的，拆也是必要的，有些东西，或许原本就更适合在更深处的记忆里待着，更适合在版画或木刻里存在。一座永恒的经典性城市，每一个时代都该有属于自己的表达价值。你让现在的北京人生活在一百年几百年的老房子里，那种时代的错位感，那种四下里都破着的生活，又太不近人性了，他们有权利享受更高层的现代生活方式。北京既是元明清的古都，更是一座现代化的国际大都会。它也不能老那样匍匐着。尽管许多人对新中国成立后北京大拆老房子几乎一致地持否定态度，但有一个事实又是谁都看得见的，在大规模拆迁的同时，北京的腰杆子迅速地硬起来了，它站起来了，它以最快的速度超越一个又一个的距离。尤其现在，北京正在获得它前所未有的世界性高度。

我觉得最关键的还不是拆与不拆，建呢，最重要的也不是城市的海拔高度，而是如何让那些被拆掉的地方不被真的掏空了，还能继续保存一座古老城市的那种元气，让它在血脉中继续绵延。我很害怕那些像变形金刚一样的城市。具体到四合院，保存它，无疑是为了强化城市古老的记忆，可拆了一片留一片，先就把那些气息给毁掉了。我不是城建专家，岂敢妄自评论，但哪怕纯粹以我一个外行人的眼光来看，当你看见两幢相邻的房子中间隔着千百年的岁月，是很刺眼的。它们的四周已建起了一幢幢趾高气扬的高大建筑，四合院被欺负得很厉害，就是不拆，四合院处在这样的夹缝里，挤也被挤死了。我相信一个卖小菜的农民也有对城市的基本诉求，有舒服不舒服的感觉。

北京西客站已是一个最有争议性的建筑标本，在现代建筑的头顶上扣了一顶古典的帽子，也实在有点不伦不类，然而不能说设计者没有煞费苦心，他是诚心诚意地想给北京留下一点世代相传的东西。可见，城市建设走不得中庸主义的路子，旧的要旧，新的要新，反倒显得有层次，有来历，有时间意义上的纵深之感。我觉得，与其把现代建筑苦心孤诣地弄成仿古建筑，那还不如像“鸟巢”那样干脆。

许多人都觉得鸟巢是个奇妙的景致，我不这样看。我觉得北京没有奇妙的景致，无论长城，还是天安门，还是鸟巢，都与某种重大的使命联系在一起。

去看鸟巢的那个季节，日光更温暖了。我是说秋天，一些残叶正在凋零，更多的树叶则在等待被季节染红。很远我就看见了，我没有看到它建成的样子，但我看见了它的内部结构，它的骨骼。赫尔佐格、德梅隆，这些接近上帝的建筑大师，他们与中国最有想象力的建筑师一起，把一幢建筑建造成了——我觉得它不像鸟巢，更像宇宙世界的缩影。而在亲眼看到它之前，它是让我非常担心的一个悬念，北京同世界有多远？一座古老的东方帝都同21世纪有多远？那一刻我没觉得我是一个外人，我感觉是在为我家里的一件事操心。只看了一眼，我一下放心了，大气，舒服！我看到了那些坦率地暴露在外的结构，那相互支撑的网络状的构架与中国传统的镂空手法完美地融会在一起。这里没有我想象中的那种尖锐的美学对抗，我感到了它和这座城市的和谐，东方与西方的大美被天衣无缝地铆接在一起。当我知道它被《泰晤士报》评为了全球在建的最强悍工程时，我更加深信，美是无国界的，这样的强悍和王者之气不仅与北京最深刻的文化精神是高度一致的，而且已经完全超越了东西方的文化差异，有力地拉近了北京同世界的距离，达到了具有普世性的审美期待，这是人类的建筑，人类的艺术。它也的确采用了大量的人性化元素。在这里，人，真正被赋予中心的地位。

偶尔，我会抬头瞅瞅天空，看见的是突兀的钢铁巨臂，还有半天云里的脚手架，那是我到达不了的一个高度。我有恐高症。我没有胆量也没有本事站到那样一个高度，只能把眼光放低，从天上，到最深的地底下，都有一股激越的力量在汹涌，而我只能眼睁睁地看着，一个正在血汗与泥浆中分娩的新北京，仿佛只属于另一类咬紧牙关的生命和那些很大的很粗糙的手，属于那些把衣服一扒就能露出脊梁的人，属于那些有着粗壮的身坯、浑身充满了力气也愿意为之竭尽全力的人。这是我在北京看见的另一种支撑这个城市的真正骨骼。只在此时，我才知道自己是多余的，甚至成了一个障碍，胸口刚被谁的胳膊肘撞了一下，肩膀又不知道被谁猛拍了一下。快！闪开！没有一个多余的字，每一个字都是从嘴里冲出来的，这是属于一个时代的语言，很冲，充满了对速度和效率的渴望。

我这样左顾右盼地走着时，第一次清晰地发现了自己的位置，我是走在最后的一个人，是被这个时代和这座城市落下的一个人。

四

北京的大不仅是城市之大，而且是时空之大，巨大的、空旷深远的城市空间和渺小的个人之间形成了极大的反差。人在这里更能感觉到，你作为个体生命的渺小，以及占有时空的局限和短暂，那一种悲凉与虚空，也让你更能找回一个人的谦卑。一个人在北京生活，你会在比任何一座城市生活都要清醒，都要有宿命感。

北京造就了自己最有代表性的作家，——史铁生。我去地坛看过。如果不是因为这样一个人，我甚至不知道有这样一个地方的存在。我是说真实的存在。一座曾经荒芜冷落得如同一片野地的古园，它曾经是一个象征，是那些把天下苍生像草芥一样踩在王靴下的历代帝王在这里拜祭地神的祭坛。他们渴望占有无边的土地，占有整个世界，占有这世界上生长出的一切。他们可能没有想到，数百年之后会有一颗高贵的灵魂在这里生根，发芽，他以自己坚定的立场和纯粹的内心，成了这座城市的另一个标志，另一个象征。这时你再去看史铁生，那个高位截瘫苍白孱弱一身重病的智者，他静静地坐在这里，你不会再觉得他是个病人，他亲切而仁慈地微笑着，明亮纯净的眼睛里显示着一种让人难以企及的深度。“我常觉得这中间有着宿命的味道，仿佛这古园就是为了等我，而历尽沧桑在那儿等待了四百多年。”史铁生无疑是中国极少的几个有宿命意识的作家之一，宿命不是悲观，而是对自我生命的一次重新确认。或许，我们都可以找到一个古园作为自己的背景，中国这种废弃的古园太多了。但不是每个人都能坐到那把轮椅上的。那不是一个假设。那也不是你设身处地想一想就能感同身受的。你没有坐到那把轮椅上，你就永远体会不到一个高位截瘫的民族渴望站立起来，渴望用自己的双腿去行走的那种悲壮。你感觉他是个静观或者沉思的王者，他统摄着生命以及一切善与高贵、爱与受难的精神。

此时地坛安静得令人感动，我躁动不安的心也渐渐平静下来。现在，史铁生已经很少上地坛来了，每年春节，这里都在举办北京最大的文化庙会，世俗的热闹代替了寂静的沉思。我想，他一定又找到了属于自己的另一个角落。

北京有很多这样的角落。北京很大，但每一个北京人其实都活在某一个属于自己的角落里。每天早晨，我都会看见那些花园草坪上健身的人，被阳光照着，被晨风吹着，在清新的空气里吐故纳新。树和其他植物都在生长。你边走边观赏那四时开放的鲜花，花瓣间的光斑和露珠恬静而明朗，头顶上的鸟唱清脆而嘹亮，一种欢畅的心情油然而生了。通过人，你感受到了这座城市的健康和阳光。这才是我喜欢的城市。即使是北京，我觉得它强大的骨骼系统里面，也不可缺少这样的血肉。城市不可缺少记忆，但也不能把自己封闭在过去的记忆里无法走出来，它毕竟是供人们来居住生活的。以人为本，应该是支持一切城市的最基本的价值体系。这样的城市才不会给你一种无形的威压，人也有了可以多维游走的空间。我知道，这里曾经也是北京的老城区，但四合院已全部拆除了，街道胡同能拉直的也都拉直了，尽管这是人们非常不愿意看到的，可生活在一片现代化的城区里，你会觉得它同人们的现实生活拉得更近了，生活得更真实。

在北京，在任何一个角落里，只要你安静地凝望，时间长了，你会感觉这里潜伏隐蔽着的一种无形的力量，每一个人都与这座城市有着微妙的对应关系，那种生死不渝的维系，以及，坚守下去的那份信心，是我这样一个匆匆过客难以理喻的。从我二十出头第一次上北京，到现在，这是我命里往返得最多的一条路，而北京仿佛永远是一个我行将抵达的却又仿佛一直没有抵达的城市。每来一回北京，就像一个轮回，但我是一个不能超生的灵魂，更多的时候，我都在围着它转。它就在旁边，也在心里，但我总是踩不到北京的节拍，找不到自己的精神来路，我一直运行于这座城市的外部世界。天才的卡夫卡早已替我描述出了那种最真切也最虚幻的感觉，北京是我远远就看得见的城堡，我一直没有找到进入它的方式。最后，我只能选择——离去。

每次离开北京时，我都会下意识地深深凝望，我看见过的，我还没有看见过的，从一些日子，到另一些日子，在我的视野里不断涌现，又渐渐退向城市一侧，直至城市的背后。火车已经飞奔了很久，但仍未跑出北京。回头，我看见的是一个北京，再回头，我看见的是另一个北京。

原载《北京文学》2008年第8—9期合刊

北京「的哥」

陈世旭

题记：北京给我留下最深印象的陌生人莫过于出租车司机了。他们是北京符号的一种。就我所见的多数而言，他们有皇城根的自得，又不失大杂院的质朴；他们似乎无所不知，又难免市井天真；他们口若悬河，妙语连珠，又往往信马由缰，不着边际；他们的见解未必多么高深，却又透着鲜活的民间智慧。跟他们说话，我常常觉得是一种享受。单单是那种张嘴就出溜的北京话，就足以让我入迷。

干脆直接听听他们的说话吧。

您好，请上车吧。

哎，门儿夹着衣服啦……好，行了。

上哪儿？党校？甘家口那个？二里沟那个？颐和园边儿上那个？哦，我知道，那儿我熟。我就是海淀区人。

放心，不会故意绕道儿让你多掏钱，宰人那活，师傅没教过，咱也没来得及学。使那小心眼干吗呢，有那工夫，把您给撂下了，再拉趟客不好吗。要不，您指条道吧。我按您说的路线走，这一带我挺生的，过了公主坟就熟了。从广安门抄过去？那怎么走？白云观？知道了。走河边，是吗？……行！就走那儿吧。不过，一般司机可不愿走那儿，不吉利。以前那是出殡的道儿。

看出来，您挺熟路的。这么走，要省好几公里地呢。什么，您是外地人？哪儿呀？江西的？不对，您这口音可一点儿也听不出来。您蒙不了我。干我们这行的，别的绝活儿没有，认人可是一认一个准儿。您前边我刚拉一女的，一上来，我就说，您是干记者的，她特奇怪，说，您怎么知道？我怎么不知道，挺斯文的样儿，可又大大咧咧，见着石头都有三句话，不是记者是什么呢？您是干什么的？我要没说准，您可别生气呀。看您这年岁，办事员吧。上党校，找你们在那儿学习的领导有事。对吧？

我这么给您说，您烦不烦？不烦，那就好。您说，这么老半天的，要不说句话，闷得慌不说，特别扭，是不是？我拉过这么个人，从首都机场给他拉到香山，在你边上土墩似的待着，一句话没有，您说这叫怎么回事呢。到了地儿，我实在忍不住，说，这一趟可不好受，您老嘴怎么就那么严实，话怎么就那么金贵呢。您这么着，我心里特紧张。他乐了，说，您紧张什么，我就这么个人。

您说，一个生人，阴沉沉地挨你坐着，你不知他心里琢磨什么，老半天的，能不紧张吗？

那倒是，司机里边也有不爱说话的。我们公司就有这么个主儿，心眼特瓷实，就是不爱说话，也不会说话。前天，拉了个人，一上车，人家跟他套近乎，指着前座上那条须知，问他，为什么规定晚间司机副座不能坐人，又为什么老人、小孩和外宾除外？他闷着，眼也不转一下。人家再问，他才回答：那不写着吗，您自己看吧。您看这人！人家不是看了才问他的吗。二杆子一个，不好。怎么说人家也是咱的乘客，咱有事没事跟人别扭，算怎么回事呀？且甭说开奥运会了，就是什么会也不开，北京是什么地儿呀，京城！每天中国外国、人来人往的海了去了。不说出租车是城市的窗口吗，你得给人留个好印象不是？对人客气点不是？老辈儿话不是说了吗，在家不会待宾客，出外方知少主人啊。

不过，我敢说，咱北京的出租车司机，素质是不错的。就说我们家，打父亲辈以上都是种地的，到我这儿，开车了，好歹也是高中毕业。媳妇他们家，父母都在机关工作，正牌儿的皇城根人。闺女今年上初二。打幼儿园起，我们就给她买了钢琴。那会儿，我们手头并不富裕。上星期，海淀区少儿钢琴比赛，她进了前三名。要知道，北京海淀区，高等学府院里的孩子，可多了去了。咱自个儿，闲下来就爱两件事，一是看书，什么书都看，逮上就揣兜里头。再就是钓鱼。隔上一两个星期，就歇了班，把媳妇、闺女拉上，带上小帐篷，跑大老远去野营，一去一整天。您爱钓鱼吗？特有味儿是不是？第二天要去钓鱼了，头天晚上你就死活睡不踏实。一晚上，睡下去又总得爬起来好几回，看看鱼食呀，弄弄鱼竿呀，总怕什么事没弄周全。有一回，我半夜起来，老觉得线轮儿弄得不利索，干脆又重绕，绕得那个仔细，比机器绕的还整齐，快天亮了这才安了心重新上床睡觉。第二天到了百十里外，小帐篷撑起来，海竿子架起来，发现线轮儿没了，一拍脑门，记起来，夜里我把那线轮重新绕完后顺手搁抽屉里了。您说有多气人。没头没脑的我把媳妇好一顿埋怨，说她干什么吃的，为什么不给我提个醒儿。媳妇给我骂了半天，也不言语，趁我没注意，跟闺女一使眼色，一下把我给掀到水里啦，你不是上火吗，给你灭灭火。两个人在岸上笑得前仰后合。嘿，这日子过的！我有时候就瞎琢磨，那帮贪官黑那么多钱干吗呀？谁钱多谁的日子就一定滋润了吗？那可保不齐。您不是江西的吗？你们那位副省长，就为那几百万，给毙了，值吗？一个副省长，老百姓得交多少税养着他呀，他要什么没什么呀？

我们家房子？还成！虽说旧点，可地儿偏，一时半会儿的肯定拆迁不到咱那儿去。住新房子当然好，可我们折腾不起。说真的，眼下普通人家最闹心的就是瞧病，孩子上学，还有就是买房。就指着政府出高招了。

那倒是，你们一般的工薪阶层，收入是不怎么样，就是跟我们也比不了。不过，你们清闲呀。整天不就是对付那一张报、一碗茶吗？其实，依我说，人是逼出来的，船到桥头自然直。

苦总要吃的，没有苦哪有甜。我们这一行，钱赚得不算太少，可也不算多。跑车赚钱说起来简单，真跑起来就没那么容易了。公司实行大包干，见天一睁眼就欠人家二百多块。不管天灾人祸，有客没客，天天得交，交够了才是自己的。一天的活要干不出来，晚结账一天就得罚几十块。油钱修车费都得自个儿掏，这两年油钱修车钱一个劲儿见涨，可承包数儿还得照原来定的交。倒是医疗费没有了。工作量这么大，一天少说跑十五六个小时，这不，开车没几年，就落下了腰疼，上车就靠这小枕头垫着，下班到家，得让媳妇给按摩好半天。再说了，客也不好拉。晚上您冲西直门大街看去，一串串的出租车，都亮着牌灯，放空。过去是人找车，如今是车找人。你就一圈圈地满大街转悠，撞大运吧。这玩意儿就像打麻将，牌风来了特顺手，背的时候打多少圈儿也不来牌。今天一早出门我就想，今儿个找个偏僻些的生地儿去，没准儿给我讨了巧。这不，一到白石桥，遇上位女记者，复兴门给她撂下了，再奔南，刚过菜户营桥，就遇上您了。

说起来还是这车价定高了点儿，您看坐出租车的，有多少是普通百姓？要是车价能再往下降一点就好了。

咱自个儿把价格往下调？那哪儿成！北京对咱这出租车管得可严。随便往上涨价不用说违法，你自作主张往下调价那也叫乱收费。有一回，夜里，我拉一个带孩子的妇女，到了地儿，按计程器，她得给我十三块。她先给了我一张大十，另外三块她在身上掏了半天也没掏齐，当时正下着雨，她抱着个不满周岁的孩子站在黑地里，又没带伞。我一看那样，说，您进屋吧，那三块算啦，别淋坏了孩子。回公司一报账，人家不信这个，说我是故意少收费。得，我自己掏三块垫上吧。我这人，说是爱管闲事，可为自个儿的事，倒不爱跟人争。吃亏就吃亏，认了，吃亏是福。您说呢。

其实辛苦点倒没什么，最不愿意的是担惊受怕。开我们这出租车，有时候还真不安全。报纸上您大概也见过劫道的事吧，还有那没报道的呢。

我一到晚上，就老心神不定。有时候，碰上一趟好差，上城外，长途，挺划算的。可一看那客人，眉眼挺凶——其实，本来就是熟人面善，生人面恶——你说不去吧，丢下这活怪可惜的，去吧，谁知人家半道上会不会给你一刀子？司机副座那儿贴着那须知，不就防的这茬儿吗？可话又说回来啦，干什么事不多少有点风险呢？跟院里乘凉，没准儿房檐上还掉下块瓦来呢。

上个月，我半夜里拉过几个东北人上通县，一个个块儿挺大，大包小包的，说是急着给人送货。我硬着头皮让他们上了车。一出东直门，心里就一阵儿一阵儿紧，觉得自己是让人劫了车了，直后悔。可后悔也不管用呀，真要是遇上了坏人，你怎么着也得让人给收拾了。这么想着，我倒冷静下来，慢慢想辙吧。正好这会儿，后边跟上来一辆警车。我眼皮子一眨巴，扭头对那几位说，这一向北京治安抓得挺紧。你们几位要是带了武器，赶紧拿过来，搁我发动机边上，我给你们收着。警车上有探测仪，发动机一响就给干扰了。要不然，真要给他们探测出武器，咱们就都完了。我是看他们土头土脑的样，瞎蒙他们，真要是有武器，发动机能让探测仪失灵吗？再说哪有什么探测仪呀？几位东北哥们儿给我说得挺紧张，一个个面面相觑，说，警车撵我们干啥呀？我们跑的是生意，没干坏事呀。一边说一边满身上下地折腾，又是掏身份证，又是掏介绍信。我一看他们那着急样，心里一块石头落了地，说，没事就好，没事警察也不能难为咱们。其实那警车跟我们一点边也挨不着，一阵风就超过去了，我也是急中生智，探个虚实罢了。自个儿虚惊了一场，暗地里想想好笑。回去跟媳妇学，人没笑，倒“叭叭”地掉下泪来，非让我发誓，说，下回这样的活，可千万不敢拉了。

得，又堵上了。甭管你怎么架桥，也赶不上车多。您可别急呀，这一堵，且等呢。

嘿，您瞧那辆夏利，横着，螃蟹似的。长安街上车就像河水一样，你这么紧赶慢赶地乱闯，不是明摆着白费劲吗？甭说出了车祸后悔来不及，要给警察瞧见，看你还开车！

干我们这行的，见的事特多。您看这偌大个北京城，白天黑夜里满街是人，芸芸众生，都按各自的成色分成三六九等。他们成天想些什么？干些什么？他们从哪儿来？又要到哪儿去？那些上下笔挺、正经八百的人，几个是真君子，几个是假圣人？那些勾肩搭背、眉来眼去的男女，真是明媒正娶的，还是偷鸡摸狗的？出租车开得长了，心里都有个谱儿，这谱儿八九不离十，要错也错不到哪儿去。大白天，来坐出租车的，多是办正事的人，到了晚上，那就不敢说了，堂堂皇皇的北京城，没准儿就露出另一张脸。

这年头，富翁多起来了，穿金戴银的、描眉画眼的女人也跟着多了。没登出来的咱不知道，还有报上登出来的那些个赃官，哪个不是一捋情人一大把！那里边有多少好人家的女儿。听这么几句顺口溜了吗：搂着大款腰，牵着大款手，跟着大款走，一定能富有。按说人也没有招谁惹谁，跳龙门也好，钻狗洞也好，那是人家的本事，对不对？就算是坑蒙拐骗、卖身求荣，那也不容易不是。可有时候，也不知怎么的，心里就是硌应得慌。

在这世上，除了媳妇，我最疼的就是闺女了。在外边开车一遇上猫腻事儿，我头一个就想起她。我就想，哪天她要大了，离开我们了，进了这灯红酒绿的茫茫人海，她会怎样呢？有时候，我还真不敢想。

有一回，三个小子带着一个女孩在西单上了我的车，要去新街口。开车一会儿，他们就在后边胡闹起来。那女孩尖声尖气地笑着，挺开心。我在前面，听那声音，怎么听怎么像我闺女。那女孩顶多也就比我闺女大个一两岁吧。我心里这个气。挑了个人多灯亮的路口，把车停下来，让他们下去。那几个小子倒挺乖，一人在那女孩脸蛋上揍了一巴掌，又往我驾驶室里扔下十块钱，吹了声口哨就走了。女孩没下车，说，我还没到地儿呢。我叹了口气，跟她说，闺女，这十块钱你拿去，我不要。你家在哪，我送你回去，别再跟这帮不三不四的家伙一块混啦。这么混，你爹妈不着急吗？他们养大你容易吗？您猜她怎么着？整整衣服，理理头发，整个儿没事人一样，说，没想到遇上您这么一位雷锋叔叔了。告诉您吧，我没家。爸妈早年上深圳了。爸去那儿没多久就搭上了个傍家儿；妈不干，跟他离了，听说也傍上了个港商。剩了我在北京。钱他们倒是没少给我寄，可我一天干吗去呀。上学？上学干吗？上了学将来不还得靠着有钱男人过吗？

看她那没羞没臊的样儿，我真不知该说些什么。当时我好像看见一张大得吓人的血盆大口，在嚼着这些白白嫩嫩、鲜鲜活活的骨肉生命。那是跟我闺女一样的骨肉生命呀。这念头儿让我的脊梁骨直冒凉气。

让您见笑了吧。您说，咱一个开车的，管这么多事干吗？国家不大着哩吗，管事儿的人不多着哩吗？用着你一个开车的咸吃萝卜淡操心吗？为这些事，我媳妇真没少说我。她怕我在外边开车管闲事吃亏。我自己也一回回地咬牙，开你的车，赚你的钱，闲事别问，无事早归，老婆孩子盼着你平安回去呢。可一到时候，就把这茬儿给忘到后脑勺儿了。

那回都晚上11点多了，西苑那儿有个女孩儿要车。她的肩膀上趴着个男的，脚老往下出溜，看样子是喝醉了。我问那女孩要上哪儿，她说上农大。我问是回家吗，她说不是，是送他，肩膀上人事不省的那个。我直犯嘀咕，这么晚了，还上农大，那地儿可太偏了。

车开出没多久，就听见后边有响动。听声音是那女孩在抗拒什么。我心里一下就有数了：第一，那小子是佯醉；第二，他们的关系还没好到那份儿上。道上没什么车，我把车开得飞快，我也就只能这样了。进了农大，四周静悄悄黑乎乎的。在老深的一幢楼前，那小子下了车，装着跌跌撞撞地扑到车窗上，扔下一张大五十，压低了声对我说，哥们儿，没你的事了，你走吧。这下我可什么都明白了。正犹豫着，那小子忽然转过身，对跟着下了车就要走近的女孩说，你先到楼道里等等，我要撒尿。那女孩赶紧扭头，去了楼道口，她还打算扶他上楼去哩。那小子把女孩支开，又转过身对我说：快走吧，哥们儿，识相点，别跟这儿瞎掺和。见我还愣着，他咬咬牙，威胁说，你要再不动弹，我可废了你。

我想，是啊，我跟这掺和什么呢。他们的事儿，我不过是猜测。就算是真的，轮上咱见义勇为吗？真要是遇上个亡命之徒，不是白搭进去一百多斤吗？一个人死了不算，活着的亲人不定怎么遭罪呢。我把心一横，颠儿了。

车子刚一掉过头，就听见那女孩喊叫着从楼道里跑出来：师傅师傅您怎么走啦？我还得搭您的车回家呢。那小子站在车子另一面，对我直摆手：快走！

我把车挂上挡，车子“轰”的一下上了林荫路。心里咕哝，对不起呀，姑娘，谁让你自投罗网了呢。后面跟着一声一声地在喊：师傅！师傅！半夜里，那么清脆的声音，听起来就像一把明晃晃的尖刀一刀一刀往我耳朵里插。我尽力回忆那女孩的模样，却怎么也想不起来，怪，才这么会儿工夫，竟一点儿记不起来。眼面前转的尽是我闺女的模样：她领钢琴比赛奖的样儿，她跟她妈把我推到水里去的样儿。不知怎么的，心里一激灵，就像从噩梦中醒过来，那噩梦中被害的女孩，那绝望中的女孩，就是我闺女，是我亲手把她推到火坑里去的。我觉得浑身的汗毛一下子全炸开了，汗劈头盖脸地说下来就下来了。两只手使足了劲，一倒盘子，又回去了。

过后，那女孩跟我说，她和那小子是那天晚上才在一家酒吧认识的，他请她喝洋酒，喝着喝着就醉了。他一直嘟哝着喜欢她，是为了她才醉的。她听了挺美，她是头一回听一个男人跟她这样认真地说这样的话。他为她醉成那样了，她不能扔下他不管吧。何况，做一个好女孩，就得懂温柔不是。傻——帽！我差点没把那个难听的词儿喊出来，你就这么架不住几句好听的话？你就这么个温柔法？今儿个要不是遇上我，这会儿你就不是什么好女孩了，连女孩也不是了，你一生没准儿就毁在这一时半会儿上了。

那以后，有好长时间我一直挺后怕的，怕那小子恨极了，盯着报复我。到如今我也没给媳妇闺女透露过这事，怕她们为我担心。

哦，大有庄了。前面不远，就那儿，拐个弯儿就是，对吧？要开进院里去吗？咱这车让进吗？那地儿挺森严的。能进？您有证？您是当官的啊。您看我这倒霉劲！我这一路都跟您瞎掰了些什么呀。放心？嗨，我能放心吗……我要真有什么不对的地方，您可千万担待着点儿，而今是和谐社会，大人不记小人过呀。您要真想坏我的菜，我还真没辙……您是写小说的？哦，那我是真可以放心了。作家人情味儿浓，不像那些当官儿的。得，您看我这又瞎说了，当官儿的怎么会个个儿没人情味儿呢？要不这么的，咱们交个朋友吧，您不写小说吗？赶明儿没写的了，就上我这儿找故事，管保您有戏，就怕您写不完。

原载《北京文学》2007年第8期

马坊书

耿翔

风为什么呼啸

或许，风和人一样/一直都在乡村里赶路/它走过时，最爱贴着地面/这样很好抚摸庄稼。有时却比飞鸟还高/像在天空里，为大地讨要些雨水/我感动，风还会把父母的声音/从泥土里带出来，这种时候/往往赶在小麦起身。

在抵达故乡的路上，不要问我风为什么呼啸。

我只能告诉你，一个记忆中没有风的人，是没有故乡的人。特别在马坊，在黄土堆积出的这块很少大难，也很少大乐的田园里，风的灵性的手里，就握着我们生活的所有方向。那些在这里生活到一定年龄的人，他们不会再用耳朵笨拙地听风了。他们每天走出家门，只要抬头望望天，就知道还在天边的风，会吹来一个什么样的天气和心情。

黄土地里风头硬。这感觉是真实的。

在这里生活着的人，脸上像抹了一层胭脂，一个个红扑扑的，也好看也不好看。当年，我就是带着这样一张脸，走进长安城的。曾经为这样的脸苦恼过，也因此记恨那些吹红我们脸颊的风，想把它和故乡一块儿扔掉。如今，那一层胭脂算是褪掉了，但一脸的灰黄，反倒像长安帝国没落后剩余下的气色。想了许久，还是觉着被乡野上的风，用很长时间吹过的那张脸好看。

就这样，在抵达故乡的路上，突然想着风为什么呼啸。

我也问自己，对于日出而作、日落而息的乡野，这是一个问题吗？记着小时候，风很像一根浪漫的鞭子，在故乡的大小田埂上，抽着我们疯癫的身影。我们野草一样疯长的头发，一直为风飘扬着。这还不够，一律敞开衣领，让风在我们的皮肤上滑出声音。而对风的多疑，让我觉得那些在田野上能吹动庄稼、在坡地里能吹动树木、在屋顶上能吹动瓦片的东西，根本就不是风。风是往人的前胸和后背上吹的，它轻吹一次，要让劳动者记住劳动的快乐，它猛吹一次，要让劳动者记住劳动的庄严。我更确信，那些吹在父亲背脊上的风，才是大地上真正的风。

父亲在一天很少间歇的劳动中，除过荷锄挥镰的动作，再就是爱解开衣领或扣上衣领。那是他对风的感应，他要让风在不影响劳动的过程中，一边带走身上的疲劳，一边恢复身上的力量。我看得最动心的，是父亲背着一大捆高粱，逆风走路的样子。那时的父亲和风，迎面挤在羊肠小道上，风想穿过父亲和他背上的高粱捆，父亲想穿过风在狭路上的凌厉。而风的凌厉，像在父亲的背上，点着了那捆本来就燃烧着的高粱。只是以前，它们分片在田野上燃烧着，现在，这种属于庄稼的成熟的燃烧，就被风集中在父亲的背上了。

我说过，父亲是在很长的一段时间里，靠卖柴供我上学的。如果风有记性，柴草有记性，它们对父亲的背脊的理解，一定会比我深刻得多。因为在父亲的背脊上，我只趴过很短的时间，就让给风和柴草了。那时候，好像一个村子里的风，都在父亲的背上吹着，因为每天，他要从村西或村南的沟里，背着一捆山一样大的柴捆走回来。我坐在沟畔上等候时注意过，某一瞬间，像风从沟坡里，把一捆柴的梢头吹上来。起初，人的身影是看不见的，只能随着柴捆的不断升高，才会逐步露出人的头、人的脸、人的腰、人的腿，直至看到脚步的迈动，人和柴捆，算是从沟里完整地爬上来了。现在想起来，父亲从沟里完成的这些背柴爬坡的劳动过程，对于一座在世俗生活中，显得有些单调的村子，无疑像一种仪式，每天由他一个人进行着。我是唯一的观看者，我对这个过程的悲壮感，当时是意识不到的，只想父亲的背脊曾经是我的路，也是柴草和风的路。

风为什么呼啸？我想当年在风中飞扬的马匹，也不一定知道。

风为什么呼啸？最好让风，用一颗种子破土的秘密描述自己。

如果有一些乡村生活经验，就知道风，必须用一生的强劲，为万物催生。因此，风在乡村不能太散漫，更不能太悠闲，大多是呼啸着走过的。这是生存的需要。比如我们冬天就剪好枝，开春又施了肥的果树，看着花苞一天比一天鼓起来了，就是不绽放，急得我们天天往果树枝上瞅。好了，夜里一阵呼啸的风过后，清晨打开窗户，就有零星的花朵站在枝头上了。接下来风也知道，它不能再呼啸了，必须歇上一阵子，等所有的花朵绽放完了，再从残红里，把带绒的坐果吹出来。比如按节气，过几天就要开镰收麦了，偏偏天上的雨水多，麦粒都熟得红丁丁的，叶子就是迟迟不变黄，在麦穗下青菜一样绿着，急得镰刀，不知从哪片麦田里下手。好了，夜里一阵呼啸的风过后，清晨打开窗户，黄得透明的麦子，把一个村庄都照亮了。

这样催生的风，每年在乡村里有好几场，每次几乎是一路呼啸着来的。它就是吹在一位病人的身上，也不会有多余的忧伤，倒会让他觉出，风和人一样，一直都在乡村里赶路。

真的，乡村生活的实质就是赶路。人赶人的路，牲口赶牲口的路，庄稼赶庄稼的路，风赶风的路。马坊的经历告诉我，在这里赶路的风，它走过时最爱贴着地面，这样很好抚摸庄稼。过去，我们看见得最多的风，就是庄稼有节奏地摆动。其实，那是风按照不同庄稼的生命节律，在它们身上抚摸。这是上帝安排的风的劳动，庄稼正是在这样的劳动里，赶着季节成熟的。乡村里有一句话：孩子在风地里长得快。看来，我们不只是吃粮食长大的，在一切都十分简朴的乡村里，我们生长得这么结实，皮肤、眼睛光亮得像那匹栗色的马，风的吹拂，原来是很重要的。这也是我们不同于城里人，在乡村得以成长的一些秘密。

有时候，我看见风在马坊，飞得比鸟还高，甚至在空地里，立起来旋转，把一些庄稼落下的残枝败叶，能呼啦啦旋到天上去。我以为是村子里哪个人做了不善的事，风要来惩罚他了。等哗啦啦落下一场大雨后，我才恍然明白，风呼啸着旋到天上去，是要为大地讨些雨水回来的。

我感动，风还会把父母的声音，从泥土里带出来。这是我十几年没有听到的声音了。十几年前，它在我身体的每一寸皮肤里，日夜游走着，那是一种无微不至的呵护，我皮肤上的每一个毛孔都感觉得到。自从父母在村北的那块地里，相继躺下在风里守了一世的身子后，他们的声音，也就跟着消逝了。我没有想到，后来还会听到它，而且是在小麦起身的时候，像在我家的地头上听到的。我无颜回答他们什么，他们一生热爱粮食的心理我知道，他们在小麦开始成熟的节骨眼上，用心给我托梦。只是我离庄稼的距离太远了，已经没有可能，再回到马坊承受他们的嘱咐。

等我从梦中醒来时，窗外确实有风呼啸着。

就在抵达马坊的那一刻，我对风终于有了这样的理解：风是故乡的呼吸。带着这样的理解回村，我觉得还不够，有必要作一些解释——

在这么大的乡野上，要想看到更好的日子，风只有呼啸着。

艰辛的米

这些我一眼望见的/大地上的旧欢，不管果园连天/要把你逼到，塬畔或沟坡的哪一个角落/一身金黄，映照在我身上/依然是生活的尊严。我在这里/得到过谷子和阳光/最好的照耀，像从父母身上/得到过生命。

以我在过去的生活中，与庄稼缔结下的私人情感，要推选一种代表这里的粮食，会首先推选谷子。

这是我的真心选择。

尽管在马坊，我收种得最多的庄稼不是谷子，我食用得最多的粮食也不是谷子，但要代表这块温暖的土地，推选一种在贫穷或富裕的年月里，都闪烁出我们心里的金光，只有这些在父母身边，一生灿烂着、感动着乡村的谷子，最有身份和资格承担了。

我在这里拥有过的田园生活，付出还是享受并不重要。只要我对于谷子的那些感受，还在心里存在着，就比什么都好。

落生在遍地谷子的泥土上，最初照耀我们生命的，总是一把黄灿灿的小米。这是乡野的恩赐，我们的生长，我们的身份，以及我们的荣耀，一直与从谷子里脱胎出来的小米有关。真的，母亲落在我身上的每一个动作或语言，我都当作成长中最重要的细节，深刻地记载在心里，视为一生中用特别朴素的方式，积攒下她的生命。我从她平常的讲述里知道，离开她的乳汁，我的薄嫩的嘴唇，第一次触到的是小米熬出的米香。我的胃里，第一次混合着母乳，盛下的粮食是谷子。也是谷子，第一次把粮食的力量，通过一滴黏稠黄亮的米香，传递到我身体的每一个部位。因此，谷子对于我，总像一种上帝的粮食，通体散发着一种神秘的光芒。我也喜欢农业中，以谷子命名的谷神，我知道它是五谷的整体象征，但要提起它，我肯定在五谷遍地的大地上，首先想到一穗穗沉甸甸的谷子。

谷子在我心里，是五谷之首，也是大地的至尊。

我在这里闻得最直接的香味，是谷子周身散发的米香。它使我贫穷的少年时光，有了一丝从庄稼身上得到的快乐。尽管如此，我还是不想站在泥土里，面对一群生活简朴的乡亲，粉饰他们身边的一切物事。我更愿意用一把艰辛的米，来承认或称呼这些乡野上的谷子。

在乡野上长大，我知道大地的色彩是五颜六色的，但烙在一个人记忆中的色彩，或许是单色的。我的记忆中，大地的颜色就是谷子的颜色，就是我身体的颜色。谷子的成长，也就和我的成长一样，始终充满着艰辛。

我叫它马坊的艰辛。这样，艰辛像有了可以触摸的感觉。

跟随一年的谷雨节气，我的眼睛、手臂和心理，都开始向谷子靠近。这时候，应该有一场绵密的雨水，落在大地动情的身子上，这是谷子很久就有的期待，也是播种者全身心的期待。我也手捧一把谷子，在父亲刻满坚定的背影里，沉稳地走在耙磨好的土地上，也等待着一场雨水的迅速落下，我手里的种子，就会加上一些温暖的阳光，被干脆利落地撒进泥土里。然而，黄土的偏远和贫瘠，使这里稀有的雨水，在经过立春、雨水、惊蛰、春分、清明等一系列节气的催促之后，到了谷雨时节，还不肯从天空动身，降落到土地上，成为一种很罕见的事情。谷子啊，我们只能把你撒在这样旱象普遍的土地里，和其他庄稼一起，接受干旱的考验。后来，雨水的降落似乎不重要了，重要的是谷禾长出来了。一颗多么细小的谷粒，小到麻雀的眼睛，都有它的好几倍。正是它顶破干土，披着一身浅绿的色彩，开始在我们的锄头底下，无数遍地被整容，直到从某一天起，它从顶部分蘖出金黄的穗子。这个漫长的过程，加深着谷子在我手上的分量，逼我一刻不停地掂量着它，直至谷叶金黄、谷秆金黄、谷穗金黄，我们放下锄头，不无庄严地执起镰刀，像从自己的身体里，收获着季节的艰辛。

谷子由遍地的金黄，突然演变成成堆的金黄，堆在温暖的打谷场上。

接下来，是母亲们围坐在一起，手握一片纯铁的镰刃，把谷穗从谷秆里钎出来。随着日光的移动，谷穗、谷草和谷秆，变换着她们身边的风景。那些天，一座村庄里，到处都弥漫着谷子的气息。这些金黄得赛过阳光的气息，在母亲掀开木门的瞬间，就被带进家里来了。惊动的，不仅是吃谷子长大的我，就是那些盛谷子的泥烧的瓦罐、草编的粮囤，也意识到离装新谷子的时间不远了。由于劳动着的母亲的缘故，在乡村钎谷子的日子里，我是整天跟着她，在谷子的气息里，理解着谷子，在乡村生活中的诸多重要的角色。

母亲教我钎谷穗时，我知道谷子碾成的小米，是一种暖性带油脂的食物。在北方寒冷的冬天里，它会用想象不到的热量，帮助人们抵御身上寒冷，还会滋润我们的皮肤，使得灰头土脸的庄稼人，脸上有一些金子一样的亮色。如果说北方的冬天，还有一些温暖，那就是小米的温暖。

母亲教我采谷草时，我知道这些金黄的叶子，会被细心地捆成一小把一小把，藏在我家最干净的地方。我们一年洗锅刷碗用的东西，就是一把金黄的谷草。从它柔韧的叶筋里散发出来的谷香，使我们手里的粗瓷大碗，一年四季都有谷子细腻的味道。

母亲教我捆谷秆时，我知道这些东西是不能当柴火烧的，那样日子就太奢侈了。它应该是牲口们越冬时最好的饲料，要小心地保存起来，绝不能被雨雪随意打湿。那些脱尽谷粒的穗头，铺在冬天的土炕上，也像把阳光铺在身下，暖意会持续到春天的来临。我家房顶上的天窗、房檐下的马眼，也是父亲用谷子的穗头堵塞起来的。冬天躺在炕上，看着新换的穗头，就像夏天的温暖，依然附着在谷子的枝叶上。

我这样把谷子或米，放在生活的细节上，不厌其烦地叙述着，因为我发现我和故乡的肤色，原来就是谷子或米的肤色。我想这是艰辛的米，用一部时间简史喂养出来的故乡和我的肤色。这里有泥土的气息，有雨水的气息，也有一个人用她的手温，抚摸出来的气息。我应该祈祷大地，要给谷子在马坊留下一块生长的地方。

我的祈祷不是多余的。

在曾经谷香遍地的马坊，谷子已被连天的果园，逼到塬畔或沟坡的角落里了。这种新生活的景象，我应该高兴，但谷子在我们身上映照出的生活的尊严，更应该得到保护。这些年在长安，故乡在我的生活中，还能保持一份应有的自尊，就是因为我在这里，得到过谷子和阳光最好的照耀。它的重要，就像我从父母身上，得到过生命。

我说马坊，我记着从你身上得到的温暖，就是谷子的温暖。

我喜欢谷雨这个节气。因为艰辛的米，又要被重新播种了。

马坊的乡花

要问：谁家的马匹/这么风光？因为整个故乡/都在油菜地里开花，都像被上帝/有意放在一幅盛世的画框里。如果可能/我愿用遍地的油菜花/衬托天空中，幸福的云朵/裁剪一件时装，让故乡/穿着它上马。

我靠近故乡的心，在这样的画面里突然醒过来：

一匹栗色的马，它站在油菜地里，它被扑面而来的金黄贴身包围着。它只有把头举向天空，否则它的呼吸会被浓重的花粉呛住。它意识不到由于油菜花的大面积渲染，它不用奔腾，这无边的金黄自己会在它的蹄下绽放、翻卷和滚动，像它把一个乡间，带进大地上最高贵的色彩里。

我想象马站在油菜地里像什么？

我想用英雄这个词称呼它。

其实，马只是本能地在吃草。只是它吃草的地方和时间，太能勾起我心中对这里的某些神秘感了。我一直以为，油菜花是黄土地上的花神。只有它在一年一次的花期里，能彻底改变土地的颜色，让我们被黄土的单调折磨得失去光亮的眼睛，重新恢复对色彩的感觉。那些天，所有从油菜地旁边走过的人，不再灰头土脸，一身的新鲜和光亮，感觉到劳动，就像在大地的宫殿里进出。那些天，太阳被遗忘在天空里，因为有油菜花的照耀就足够了，从不挥霍什么的大地，不需要这些多余的光芒。

我执意称油菜花为马坊的乡花，我想在这里生活着的人，如果对日子还存有一些浪漫的想法和活法，是会同意这种说法的。你在这里的四季找一找，有哪一种庄稼的花，无论从色泽还是从气势上，会压过油菜花的烂漫呢？小麦的花细碎易落，很难超越麦子周身的绿色；玉米的缨子红是红，也只是斜挂在腰身上；荞麦的花能让一坡粉扑扑的，却终究高不出地面多少；高粱的花擎得最高，但成色还是显得太深重压抑了。至于糜子的花、谷子的花、豆子的花，很少被人提起过，以为它们在土地上不曾开过花。

也只有油菜花，会开得大地通体透亮。

应该说在乡间，我们对油菜心存的敬意，要比其他植物多一些。我是在物质极其匮乏的年代，在马坊度过饥渴的青春期。那时候，我们照顾病人的饭，就是往汤里能多滴几滴油花，有了它，病人的体力似乎会恢复得快一些，脸上的气色也会让我们心里好受一些。我从母亲生病的日子里，心疼地发现油菜在乡村的这些好处，从此，就把它看得很神圣，从不敢糟践它的一枝一叶。一年的大半心思，是盼着油菜能蓬蓬勃勃地生长、开花、结籽，直到在村上的油坊里，变成黄亮黄亮的菜油拿回家。我想有了它，母亲的病体就有恢复起来的希望了。

至于像现在这样，把一匹栗色的马也收进视野里，如此浪漫地欣赏油菜花，在那么贫贱的岁月里，怎敢滋生这样的心情?

但我清楚，跟着眼前这匹马，油菜几十年间在马坊开花的路线，应该在大地上找得到，甚至从泥土里也能闻出来。我还不到开始淡忘旧事的年龄，我应该熟悉，农事中这么盛大的场面，最初是从哪里开始的。

只要看一眼马坊的地形，稍知农事的人，都会判断出不仅是油菜，所有庄稼在这里的成熟，都是从一个叫郭家咀的地方开始的。这是马坊海拔最低的地方，也是太阳每天最先照耀到的地方。油菜开花的时候，郭家咀突然亮出一片黄色，我们在远处的村子里全看到了，且掐着指数：再过几天就能开到我们村子?

伸出的指头还没缩回来，村前的那片地里就有花苞绽放了。

我可以自行绘制一份油菜在马坊开花的地图：

从郭家咀蔓延开来的花朵，先把郭家这个母村染黄，接着染黄它的子村门家。再蔓延二三里地，就到了我的本村，也是这里最大的村子耿家。从一条狭窄的地方，蓦地来到一个大堡子，油菜真是放开手脚地开花了。那种阵势，像是谁给土地戴上了黄金甲。出了我们的村子，油菜花一路继续向北，把马坊、东张、桥张、西张这些村子的土地染黄，一路从仇家的村西，斜穿过几条沟，蔓延到延府、宋家、罗家；一路向东，再穿过几条沟，蔓延过来家、何家、木张、刘家、高家、养马庄，集体在东西走向的斜梁上，开出最后一道金黄，油菜花在马坊的花事，就算盛大地谢幕了。但它在大地上一直北移的脚步没有停下来，只是眼前这片浓郁的槐树林，在孕育槐花的过程中，让它在马坊的蔓延，就此绾上一个金黄的结。

挨着村庄开花的油菜，也挨着村庄，在黄土里提炼金子的颜色。

这种活在时间里的农事，就是我在这里得到过的一份幸福。

今天，我在它依然盛大的场面上，不再祈求油菜花，用亮色抹去贫困、疾病这些曾经让我在心里生冷的汉字，而是在它的金黄里，尽量体验小康生活映照在大地上的光彩。而我能在这样的背景上，一眼看见一匹栗色的马，这是久负盛情的岁月，馈赠给我的一幅指点着什么的画面，它有如农业中的圣经，我一定会珍藏好，在今后的岁月里细心品读。

只是不要问：谁家的马匹这么风光？

因为整个故乡，都在油菜地里开花，都像被上帝有意放在一幅盛世的画框里。如果可能，我愿用遍地的油菜花，衬着天空中幸福的云朵，裁剪一件时装，让故乡穿着它上马。

这是父母以上的祖先们，没有在这里看到的。

如果可能，我也要找到一匹最出色的马，骑着它在油菜开花的故乡飞奔，然后直呼油菜：马坊的乡花。

遍地药香

他反问我：这一带饲养的/栗色的马，有几匹是病死的/它们一生的精神，全靠着吃下去的青草里/有很多中草药。我也突然想起/小时候，手指被镰刀割破了/是他用野刺棘的叶汁/为我清爽地止血。

从村里走过时，有一个人的脚步是不出声的，但我知道他走过来了。还知道他在村口的一棵大树下，站着跟许多人说了一些话。然后，背着荆条编的笼子和铁打的镢头，悄无声息地下到村南边的沟里去了。

我是从他身上浓重的药味里，熟知这一切的。

他叫药四。因为一直在村子周围的沟里采药，又在族里同辈人中排行老四，村人就这么简单地喊他。他也更简单地回答一声，但传过来的草药的味道，要比他的声音重多了。村里一些对草药敏感的人，有事没事叫他一声，就是想在生活单调的地方，闻闻那药味，也算一种不俗不雅的享受。

药四最初并不懂中药，更不知道有一本书叫《本草纲目》。他采药的目的很简单，就像别人家里养一些鸡或兔子一样，为了换点零用钱。药四采药的那些年，乡村的生活节奏很缓慢，内容很传统，现在回过头来看，那样的生活方式也很抒情，真有一些诗意在里边。农闲时节，村里绝对没有药四的影子，等大家看见他时，一个采药季节就到末尾了，各种散乱在沟坡上的草药，几乎全集中到药四家的院子里。等这些草药在太阳下脱去水分，逐渐干起来时，等一股很好闻的药香，又从他家飘出来时，人们才想起了药四，才嗷的一声感叹：沟坡里的药又被他采了一遍。

就在大家感叹的过程中，药四拉着一架子车新药走了过来。

在村里通往县城的土路上，顿时掠过一丝轻微的药香。

望着药四走远的影子，有人说他在塌老洼里看见过药四，赤着脊背挖甜草；有人说他在营里沟姥看见过药四，悬在崖下采黄芪；有人说他在响石潭边看见过药四，蘸着河水吃馒头。放羊的旺旺也说，今年南沟里的草药，他的一大群羊吃的，还没有药四一个人采的多。确实，一个采药季节下来，一个村子里的沟坡，像被药四考古一样地寻找了一遍。

我跟着药四采过好多回药，感觉所有的草药，都像长在他的眼里或手上。在那么密实的草坡上，枝叶怎样细小的草药，他一眼就能认出来。药四教我采的草药中，我最爱怜柴胡。多么娇小的叶子，多么笔直的叶纹，挤在众草的堆里，一身厚实的绿，告诉我下边的根，一定有指头那么粗，且红艳艳的。有一面我很熟悉的坡上，好像专门生长柴胡，记得一块一块地往过挖，总以为把这里的柴胡采完了。谁知到了秋天，一坡开着黄色小米花的，还是柴胡。药四笑着说，药是采不完的，就像地里生长庄稼一样，沟坡里永远生长草药。人要吃饭，也要吃药。土地很神，在长出庄稼的同时，也长出这些草药来。我也说过，我对土地最初的敬畏，是跟着父母劳动时，从很多庄稼身上认识到的，而对土地最深的敬畏，是跟着药四采药时，从满坡草药的药味里闻到的。是这些散漫在山坡上的草药，让我很早就想着它们与众多生命的缘分。这是土地的智慧，还是祖先的智慧，用不着谁回答，但草药自己刻在我心里的形象，是众神之手，齐心送到乡间的一些灵异之物。

采药让药四的日子，一直都比其他人好过一些。但不知从哪一年起，竟让药四的日子很遭罪。村里开所有社员大会，都要把他拉出来批一批。他的荆条编的笼子和铁打的镢头，不能再和草药接触了，被强迫糊上白纸，用黑字写上他的名字，站在一村人的面前，被反复批斗着。常年在沟里一个人劳动惯了，人多的地方药四很少去，现在又要回到他们中间，还要接受批斗，这很让药四难受。而村里人说不出对他有什么恨，只当看了一回热闹。

这些我都记着。以为药四这辈子，再不会与草药有牵挂了。这些散漫在沟坡上的草药，也只能冬天里死去，春天里再活过来，给村子里徒添些寂寞的药味。

谁知药四这人，真像遍地草药一样，性温、味甘、微苦，自己活血止痛，自己解郁行气，不仅得空继续采药，还买了一本《本草纲目》，每天晚上趴在一盏煤油灯下，翻看上几页。这些村里人都不知道，只以为他是个草根命的人，不与草药打交道，浑身都会难受。

我之所以知道，是后来在外面上了学，回村看他时发现的。那天，依然很文弱的他，给我讲了许多听起来新鲜的话。他说，咱村的地里不光长庄稼，有药性的植物也很丰富，《本草纲目》中大部分草药都能找得到。先人说地气养人，我看这地气一大半就是草药的药味。他突然反问我：这一带饲养的栗色的马，有几匹是病死的？它们一生的精神，全靠着吃下去的青草里，有很多的中草药。我也突然想起小时候，手指被镰刀割破了，是他用野刺棘的叶汁，为我清爽地止血。

田野上那些美丽的蒲公英，走出歌声，也是一味朴素的中草药。

我说过，药四是一位生性文弱的人，邻村的一只狗，也会挡住他的去路，因此从不和村里人起些争吵的事。放羊的旺旺却说，药四在村人堆里骂过他，还骂得不依不饶。有一回村人闲聊，难得挤进来的药四看见旺旺在地上玩丢方。药四说旺旺手里捏的不是羊粪豆，是六味地黄丸，旺旺打气说你吃一口。药四笑了，说这是你放的羊拉下的，你先吃。旺旺要打药四，药四解释说，你的羊在沟坡上吃的多是草药，又在沟底里喝泉水，你说这羊粪豆是什么？村人嗷一声，觉着新鲜。只是药四激动了，说我看羊吃得比你还好呢，这句话真的惹怒了旺旺。但我明白，药四说这些话的全部善意。

我一直想花上一些时间，陪伴一生性情温良地活在中草药里的他，在栗色的马匹吃过草的地方，继续寻找这些在泥土里藏着的遍地药香。我还没有来得及成行，就从马坊传来他不幸的消息：一次采药中，不慎跌下深崖，呻吟了几天，就没有命了。他最后的交代是：坟头上什么柏树、松树、迎春花都不要种，种上柴胡、黄芪、甜草等中草药就行了。

我不知道他现在是否躺在这些草药的怀抱里。

但我知道，他有一本田野采药笔记，嘱咐他的后人交给我。

等这些沾满药味的纸片到了我的手上，一定会精心整理，并题上这样的书名:《遍地药香》。

碑上马坊

这是我的田野考察/它没有结论,只有一些/传递乡土,或一群人日常呼吸的细节/有关马坊，我只能从大地/最直接的繁殖中读起。一生握在乡亲们/粗糙的手里，是农具黑亮的眼睛。

我是从一些庄稼的根部，或田野里一块旧年的残碑上，拂去尘埃，细读一部马坊书的。

其实，马坊无书。

真是这样。要说这块土地，一直还活着的话，那是活在一群劳动者中间。在他们很世俗，也很高贵，很原生态的生活中间，依靠一些不太富裕的雨水、草木和粮食，过着简朴的日子。我想，由我生活的那些年往上看，天空、土地和人群，在这里恐怕都是这么一个样子，不会有多大的变化。

而这个样子，或许是真正的乡土马坊，但它很少走进文字里。

更不会整体性地，带着它的一切，走进一部书里去。

但我肯定这个一直只与农业有关的地方，曾经与朝廷有关，与战争有关，与祭祀有关，也与养殖有关。在我找不到直接的文字来佐证这些感觉的时候，是周围的地名，激灵了我的想象。我说过，马坊是永寿的一个乡，出了县城，在向西北通往这里的路上，有一个地名叫御驾宫，附近也有地名叫等驾坡。中国的地名，就是永远刻在大地上的历史，只要与皇家有些微的牵扯，一般都要在地名上流传下来。有了这些地名，应该说皇帝的影子，起码隔着一条沟映照过这里。古代人把战争放在马背上，这里不是草原，而有马坊、养马庄这样的村庄存在，本身就是一种明喻，还需要今天考证吗？我们村子的东边，有一块地名叫张家庙，它建于何代、毁于何年，谁也说不清楚，传说毁于一场火灾，但它的宏伟壮观，非一般乡村庙宇可比。因为在这片废墟上，土质永远是黑色的，砖瓦的碎片不仅裸满地表，往土里掘几米深，碎片依然密布。这片土地从不需要施肥，庄稼长得比任何地里都好。废墟上灰烬的肥力，挥发了多少代人都没有衰竭。可见那场大火烧毁的，绝非一般庙宇。

我家的祖坟紧邻着这里,我对这片土地的敬畏,是时间抹不去的。

在土地上生活久了,我想到用碑打磨的乡土,才是经典的乡土,才能让田野,在日光流年的苍茫中,保留住岁月的风水或风声。有时一个人蹲在地里想:如果有一块在熟秋的午时,被晒得暖洋洋的碑,站在地头多好,它像看见庄稼丰收的人,一身的硬正,必然让阳光垂直地降落。由此想起关中,皇家的碑石,几乎占尽了所有的山峰,平原上也不时有一座站在阳光里,闪出一个朝代的威仪。我们对这一片山河的感觉,有多少正是从这些莽苍苍的碑上得来的。

我想着,马坊也有它的碑吗?

看来地面上是贫瘠的。曾经有过几块很有些气势的碑,立在东张的一片墓园里。碑是立在墓门的前面,东西排列,有四五通,上面雕刻是很复杂的。后来,我第一次去西安时,在关中沿途看见过这样的墓碑,且是在一些巨大的陵墓前。围绕墓园,有一些被称为铁梨的树,虬曲的枝杈上,挂着金橘一样的果子,是一个乡间里最出色的景致。现在想起来,马坊唯一的一些称得上石刻、园艺的东西,就集中在这座墓地上。但它在20世纪70年代初,是经我们一群中学生的手,在劳动中彻底毁掉的。遗憾的是,它在我的记忆里,只是一些碑的形体,至于上面都刻了些什么,一点印象也没有。真的,我们毁掉了我们不知道的东西,它对于这块看起来很简单的土地,应该是有一些意义的。这样的事情,在那个年月是经常发生的,谁也不会因此内疚过。

后来,地面上再也没有发现过比这些更大的碑石。

也不敢想象它的地下,是否还被时间埋藏着什么。

在文字和碑石里,找不到一个更久远的马坊,我就转过身子,在大地上的所有风物里寻找。寻找需要一种心情,也需要一个过程。我由草木的荣枯、庄稼的熟落、人畜的生死,蓦然意识到大地是不需要碑石的,人为地把它负载在大地的身上,是一种多余,也像一个补丁。那么民间化的马坊,也绝对不需要我在它的身边,背对着天空这么寻找。

马坊，不就是马坊的碑吗？

这块土地，其实是不需要草木、庄稼和人畜以外的任何附加物的，它只按季节留下一年之中，所有与人有关的事物的影子，包括天上的云彩、风雨、霜雪，以及飞鸟的声音，都能在泥土里找得到。如果硬要用碑来叙述马坊，应该有春、夏、秋、冬四通大碑，再分细点，就有立春、雨水、惊蛰、春分、清明、谷雨、立夏、小满、芒种、夏至、小暑、大暑、立秋、处暑、白露、秋分、寒露、霜降、立冬、小雪、大雪、冬至、小寒、大寒等二十四通农事碑。再想一想蕴含在其中的民间风俗，我想称它为二十四通礼魂碑，更离泥土的情感、人的情感近一些。不管叫什么碑，分布在这里的大小事物，会按规律出现在不同的碑上，但人群，永远把自己的喜怒哀乐，刻写在所有的碑上。这也启发我，什么季节回到马坊，看一看田野里的物事，就会看到父母的影子。

但有几件事，没有用石头立碑记载，我在心里还是挺遗憾的。20世纪70年代，人们饿着肚子，挣命在乡上修了木张水库、延府水库、高刘水库，许多人为此没了性命，那是很悲壮的事情，但没有一通像样的碑，能把这些记载给后代。我想起闪耀在历史天空中的“汉三颂”，即汉中石门的《石门颂》碑、略阳灵崖寺的《郙阁颂》碑、成县天井山的《西峡颂》碑，记载的就是当时开凿褒斜古道、郙阁栈道、西峡古道的事。几千年过去了，那些修筑在大地上的工程，有些连遗迹都很难找到了，但被碑载的修建过程，因了书法和碑的分量，却成了历史的绝响。有一年，我路过木张水库，一片破败的样子，当年的气象，在水库周围再也找不到了。

但文字呢？碑石呢？

一切就这样被忽略了。

在没有碑石的田野上，我的考察，也会没有结论，只有一些传递乡土或一群人日常呼吸的细节。而我要的就是这些。因此，有关马坊，我只能从大地最直接的繁殖中读起。我在大地这通不会腐朽的碑上，读到这样的文字：一生握在乡亲们粗糙的手里，是农具黑亮的眼睛。它告诉我，风雨的方向，节令的方向，是农业走动着的大方向。

碑上马坊，从你这里归来，我在碑石如林的长安，不再轻易读碑了。

原载《北京文学》2008年第10期

骨头的姿势

詹谷丰

姿势是人体丰富多彩的表情。人的一生中，坐、立、卧、跪、拜、二郎腿、倒卧等多种动作交织变换，折射了一个人隐秘的内心世界。

人体的每一种姿势，都和骨头关联，没有一种动作可以游离于骨头之外。姿势有难易之别，有卑微和高尚之分，但所有的分别，并不是永恒不朽的石头，在时间、场景和对象的变换中，沸腾的热血，展示了一根骨头的硬度。

有的人，精神伟岸，但他的骨头，却从最卑微的下跪开始。

一、下跪

在人前下跪，我一直以为是奴才的姿势，是软骨的病状。1912年，中华民国政府以庄严的法律形式正式废除延续了千年的跪拜礼，和1949年毛泽东在天安门城楼“中国人民从此站起来了”的国家宣示，都为我的观点提供了有力的例证。

清华国学院的学生刘节，从小被父亲灌输了站立做人的理念。家传的庭训，在这个读书人心中种下了拒绝屈膝的种子。但是，1927年6月清华园中的一幕，却重新塑造了他的膝盖。

清华国学院导师王国维的投湖自尽，犹如在平静的颐和园里投下了一颗威力巨大的炸弹。刘节随同导师陈寅恪等人赶到那个悲伤的地方。除了那份简短从容的遗书之外，再也没有找到一代大儒告别人世的任何因果。

刘节在王国维的遗容中看到了拒绝生还的决绝表情，遗书中那些平静的文字从此就一直刻进了他的脑海："五十之年，只欠一死，经此世变，义无再辱。我死后当草草棺殓，即行藁葬于清华茔地……书籍可托陈、吴二先生处理……"

刘节参加了王国维遗体的入殓仪式。曹云祥校长，梅贻琦教务长，吴宓、陈达、梁启超、梁漱溟以及北京大学马衡、燕京大学容庚等名教授西服齐整，神情庄重，他们头颅低垂，弯下腰身，用三次沉重的鞠躬，向静安先生作最后的告别。

陈寅恪教授出现的时候，所有的师生，都看见了他那身一丝不苟的长衫，玄色庄重，布鞋绵软。陈寅恪步履沉重地来到灵前，缓缓撩起长衫的下摆，双膝跪地，将头颅重重地磕在砖地上。所有的人都被这个瞬间惊呆了，校长、教授、朋友、学生，在陈寅恪头颅叩地的三响声中，突然清醒过来，一齐列队站在陈教授身后，跪下，磕头，重重地磕头。

刘节，就是此刻在教授们身后跪倒的一个学生。当他站起来的时候，突然间明白了，在向他的导师，一代大儒王国维先生告别的时候，下跪，磕头，才是最好的方式，才是最庄重的礼节。这样的仪式，才能和先生的马褂以及头上那根遗世的发辫融为一体。望着陈寅恪教授远去的背影，刘节想，陈先生用了一种骨头触地的姿势，完成了对王国维先生的永别。陈寅恪教授，不仅仅是王国维先生遗世书籍处理的最好委托之人，更是对死者文化精神和死因的理解之人。

王国维先生纪念碑上的文字，此刻穿透时光提前到达了刘节身边。两年之后才出现在陈寅恪教授笔下的王国维先生纪念碑碑文，突然在陈寅恪教授下跪的瞬间落地。刘节成了这段碑文的播种之人。

王国维先生纪念碑，经过时间的打磨，两年之后，屹立在清华园中。

在以刘节为首的学生们的请求下，陈寅恪教授提起了那支沉重的羊毫，用金石般的文字，破译了王国维的殉世之谜，用独立精神自由思想的主张彰显了学术人格的本质精髓。

陈寅恪教授的一个肢体动作，无意中改变了刘节对“下跪”这个词的认识和理解，并从此以后影响他的终生。陈寅恪教授，把对王国维的纪念，刻在了坚硬的石头上；刘节先生，则把那段文字刻进了柔软的心里。

二、站立

跪拜，是一种庄严的心灵仪式。但是，并不是所有的庄重场所都要用这种仪式来表现。站立，就是跪拜这种礼节另一种形式的体现。

清华国学院放了暑假，刘节和一群学生跟着导师陈寅恪去上海，他们要去拜见仰慕已久的同光体诗歌领袖陈三立老人。

陈寅恪教授出生在文化世家，他有一个非常优秀的父亲，这就是民国三公子之一的陈三立。叶兆言先生则反证说：“在中国历史上，诗人注定没什么政治地位，作为诗坛领袖，散原老人（陈三立）更像是一个文学小圈子里的人物，好在有个争气又充满传奇的儿子，你可能不认识他爹，但你不会不知道陈寅恪。”

叶兆言站在21世纪语境下论述人物，带有鲜明的时代特点，但20世纪的人绝不会不知道陈三立。这个别称“散原老人”的人物在民国历史上是可以用“如雷贯耳”这个成语来形容的。汪辟疆的《光宣诗坛点将录》，将陈三立尊为“及时雨宋江”，在一百单八将中名列首位，由此可见三立老人的地位和影响。

刘节是在上海聆听陈三立教诲的学生之一，在陈家那个并不宽敞和简朴的客厅里，学生们同晚清诗坛领袖三立老人围坐一圈。学生们以为名人都有架子，不免用拘束和小心来打扮自己。谁知三立老人开朗随和，用带有长沙口音的普通话同晚辈们谈笑风生。学生们对汪辟疆《光宣诗坛点将录》中的往事淡薄了，倒是所有人都对1924年诗人徐志摩陪同印度诗人泰戈尔到杭州拜访陈三立的故事兴趣盎然。

印度诗人泰戈尔随身带来了1913年获诺贝尔文学奖的诗集《吉檀迦利》，他郑重地签上自己的名字，赠给他心目中最杰出的中国诗人。泰戈尔以为“吏部诗名满海内”的陈三立会将他的《散原精舍诗集》回赠，不料三立老人却用微笑和谦虚婉拒了他的期望。三立先生说：“您是一位世界闻名的大诗人，是足以代表贵国诗坛的。而我呢，不敢以中国之诗人代表自居。”

泰戈尔没有得到陈三立的诗集，他知道这是一个中国诗人的谦虚。在徐志摩和杨杏佛的提议下，两位诗坛巨匠在西湖边合影，纪念一个属于诗歌和诗人的美好瞬间。

在刘节的记忆中，还有同学提到了陈衍、郑孝胥、陈宝琛、林旭、沈曾植等《光宣诗坛点将录》中的重要诗人。这个时候，细心的刘节发现，他们的导师一直未坐，自始至终站立在父亲身边。

立即有学生起立，要将座位让给陈寅恪，却被制止了。陈寅恪说，我的凳子就在身后。在课堂上，我是老师，但是，在父亲面前，我是儿子。今天，我不能与你们平起平坐了。

所有的学生，都无法接受老师的观点。导师的站立，让他们瞬间感受到了腰肢的酸胀和腿脚的疼痛。大家同时站立起来。刘节用一句话代表了所有人的心声：老师站立，学生岂能安坐？

所有学生的屁股，最后在陈三立老人的劝说下回到了椅凳之上。而陈寅恪教授呢，依然以一种恭敬的姿态，垂手站在父亲身后。诗坛领袖说，安坐与站立，都是规矩，世代可以更替，但伦理不可错乱！

刘节记忆中的那个上午，清华国学院导师陈寅恪教授整整站立了两个时辰，在父亲与学生愉快的交谈中，陈寅恪教授静静地站成了一座巍峨的大山。

三、跪拜

许多年之后，当刘节教授在岭南大学的校园里见到陈寅恪的时候，他没有想到“跪拜”这两个汉字组合的仪式就这样突然来临了。

在国民党败退逃往台湾的混乱中，陈寅恪拒绝了蒋介石的重金诱惑，在岭南大学校长陈序经的礼聘中来到了温暖潮湿的广州。而他的学生刘节，则早他三年到达广东，在并无约定的时光中等候同老师的再度相逢。

在美丽的康乐园里，学生们知道历史系主任刘节和历史系教授陈寅恪，似乎没有人了解他们过去的师生关系。但是，每逢传统节日，学生们都可以看到令他们惊诧的一幕。

节日里来到陈寅恪教授家里的系主任，彻底脱去了平日西装革履的装束，一袭干净整洁的长衫，布鞋皂袜，一派民国风度。见到陈寅恪先生的刹那，刘节教授便亲切地喊一声先生，撩起长衫，跨前一步，跪拜行礼。

在刘节教授庄重的磕头礼中，学生们终于知道了刘节主任和陈寅恪教授的师生因缘，也知道了这对师生1927年6月在王国维先生遗体入殓仪式上通过庄重的下跪产生的心灵交集。

学生们从刘节主任的磕头下跪中完成了对旧时代的认识。当握手成为一个时代礼节的唯一标志，当鞠躬的身影都只能在教科书中寻找的现实中，大学生们开始了对长袍、马褂、布鞋的重新打量，他们的目光看到了陈寅恪教授1927年下跪磕头的情景。

刘节教授用跪拜的仪式展示尊敬和感恩的时候，岭南大学的长衫被时代的世风脱下了，康乐园里换上了中山大学的新装。在课堂上，刘节教授将陈寅恪撰写的王国维纪念碑文移到了黑板上。刘节教授眨眼之间，新旧两个时代的交替就像时光从沙漏中间穿过，然后又聚集在他的掌上。

士之读书治学，盖将以脱心志于俗谛之桎梏，真理因得以发扬。思想而不自由，毋宁死耳。斯古今仁圣同殉之精义，夫岂庸鄙之敢望。先生以一死见其独立自由之意志，非所论于一人之恩怨，一姓之兴亡。呜呼！树兹石于讲舍，系哀思而不忘。表哲人之奇节，诉真宰之茫茫。来世不可知者也，先生之著述，或有时而不彰。先生之学说，或有时而可商。唯此独立之精神，自由之思想，历千万祀，与天壤而同久，共三光而永光。

刘节教授说，骨头虽然坚硬，但一定得用皮肉包裹。深刻的思想精髓，必定在文字的深处。下跪，磕头，站立，鞠躬，已经不再常见，但当它出现的时候，一定比握手高贵。

四、站立

一个崭新的人民共和国，注定是人体姿势集中展示的舞台，是检验一个人骨头硬度的炉火。

刘节教授在课堂上回忆完陈寅恪在王国维遗体告别仪式下跪磕头和带领学生拜见父亲，在父亲身后垂手站立的两种截然不同的肢体动作之后，考验就不知不觉地来到了他的身边。

对刘节的检验是从他的老师身上开始的。1958年的夏天，历史系的学生用大字报引燃了焚烧陈寅恪的烈火，“拳打老顽固，脚踢假权威”“烈火烧朽骨，神医割毒瘤”，这些杀气腾腾的文字，让刘节不仅感受到了烈焰的温度，而且还看到了火焰如同毒蛇一般迅速朝他蔓延过来。

几天之后，刘节得到了一个暗示，只要批判陈寅恪，他就可以过关。然而，刘节却没有过关的意图。在批判会上，他不仅没有批判自己的老师，反而为陈寅恪作了许多辩护。

引火上身。这绝对不是刘节围魏救赵声东击西的兵法，这只是一个骨头如铁的读书人的真实性情。陆键东先生的《陈寅恪的最后20年》中有一段话，对刘节的引火上身作了准确的评价：“敢于在批判台上将1958年的政治运动比喻为清代的文字狱，未知刘节可否称为神州学界第一人？至于公开为陈寅恪鸣不平，刘节是当之无愧的第一人！”

对于一身硬骨的刘节来说，用语言为他的老师辩护，根本算不了什么。真正让世人震惊和敬佩的，则是他日后的行为姿势。

与“大跃进”时期的语言批判相比，“文化大革命”中的武力批斗可以用残忍来形容了。1967年的陈寅恪，生命的火堆只剩下了余烬。当他在病床上奄奄一息的时候，红卫兵竟然欲用箩筐把他抬到会场批斗。陈夫人唐篔女士以身相阻，竟被红卫兵推倒在地。刘节教授出现在了这个无人胆敢阻止的场合，他说，请你们放过这个生命垂危的老人，我愿意代替陈寅恪教授接受批斗。刘节用站立的姿势，挺身在批斗台上。红卫兵强令他跪下，他昂起头，斩钉截铁地说，这不是下跪的场所，在这里我只能站立！那些本该落在陈寅恪身上的拳脚，毫不留情地落在了他身上。

刘节不肯跪下，宁可更多更重的拳脚让他肉体受伤，心灵疼痛。我猜想，那一刻，打手们一定百思不解，一个在节日里长袍端庄，用最庄严的下跪磕头向老师致敬的人，为何打死也不在批斗会上弯腰？宁肯打倒，也不跪下，一介文弱书生，凭什么支撑他的脊梁？

无计可施的红卫兵，只好用反问来羞辱他。谈到他的批斗感想，刘节说，能代替老师接受批斗，我感到很光荣！

刘节教授在陈寅恪即将被失去了人性的红卫兵强行用箩筐抬去批斗的时候出现，我不知道这是上帝的安排，还是陈寅恪和刘节生命中必然的巧合，我唯一能够推断的是，气息奄奄的陈寅恪，一旦进入了批斗会场，无所不能的上帝，也无法拯救他的生命了。

病床上的陈寅恪教授，无法看到会场上刘节的鼻青脸肿，但他在朦胧中看到了刘节笔挺站立的姿势。站立，有时比下跪更疼痛，而下跪呢，往往比安坐更高大！

里，我一个人在家，不断模仿着河河的声音一次又一次地去呼唤它常说的那几句话，可唤声全部孤单地失落在空洞的房间里，不再有河河回应的声音和它跳动的身影。当电话铃响起我不能及时去接，当有人按门铃，当我从外面回来，刚刚踏上楼梯，我会习惯地去听，去寻找河河发出的喜悦的呼叫声，那是它一次也没有忘记过的。可我听到是一片空寂。

我们把河河埋在家对面的山崖下，在月季花和迎春花之间。

回想起来，我真是亏欠河河。河河生前喜欢出来飞飞。我第一次打开笼门，它不敢出来，以后出来次数多了，一开笼门，它就飞出来了。那是它自由的时刻，它在桌子底下，沙发前，到处巡视，有时跟我进厨房，看见塑料袋，它也啄着玩。我很愿意放它出来，但因为我的视力不好，看不清它拉在地上的粪便，有时踩得到处都是。这样，我就很少放它出来。河河没有怨言。有时看到它被禁锢在笼子里的样子，我真想放飞它，朋友说，它已失去了在大自然里生存的能力，飞出去很快就死了。可最后，它是飞着离开这个世界的，它一定不愿躺在床上逝去。它飞起来了，在生命的最后时刻飞起来了，它是用尽最后的力气飞起来的，它飞起来的时候，旁边没有一个人，它在飞翔中坠落。它保持了一个鸟儿飞翔的尊严。

有关鸟的书里说，鸟儿在病中和生命垂危时，羽毛松乱，眼睛无神，眼睛或半闭着，或有分泌物，可河河最终都是羽毛光滑黑亮，眼睛清澈如水（也正是这样，我们才大意了，没想到它会永远离开）。它趴在棉垫上，也许是累了，有时眼睛会闭一会儿，可当它睁开眼看我时，眼睛却依然是那样明亮！它就是用这样的眼睛看了我最后一眼。那是饱含着千言万语的眼神啊！它有多少欲说而没说的话语都蕴含在它那黑宝石一样晶莹灵动的眼睛里，留给我的是一生的思念，是无限的惆怅。

河河是一只鸟儿吗？它为什么能用人的话语、人的语意声调表达丰富的情感？它的表达是那样的准确又那样的优美；它为什么会用眼睛说话，它的眼神它的目光所盈溢的是怎样美丽纯洁的心音啊，每当有客人来时，它都要向客人问安，听客人说话；它为什么能从众多的足音里分辨出我们的足音？不等我们走进楼门就会在家里欢叫着迎接我们；它为什么会拥有人类崇尚的许多美好的情感？写到这里，我的心一阵阵地揪疼，我想起那一次我言而无信给河河的打击。那天早晨，我们5点多离家到机场送人。走时我告诉河河8点多就可以回来，要是饿了可先吃小碗里的干食。不想那天航班延误，登机的时间一拖再拖，直到下午5点。我担心河河饿坏了，小碗的干食不够它吃的。急急赶回家已是6点多。远远的听不见河河的声音，它没像往常那样欢叫着迎接我们，进门它也没和我们说话。我一看，它没有站在栖木上，而是耷拉着头，趴在笼底，小碗里的干食一点儿也没动，水钵里的水依旧是我走时那么多。我们的河河竟然一天没吃一口饭，没喝一口水！我心痛地急忙去煮鸡蛋，我告诉它我为什么回来晚了，问它为什么不吃饭。我和它说了很长时间，它才缓过神来，跳上栖木，喝了口水，然后，仰起小头看着我说“啊”“祝你平安”，那眼神好像说你平安回来，我就放心了。

谁能说清在那12个小时里河河都想了些什么？也许，它一直在牵挂中等待了又等待，见不着人就不吃不喝。

“请量东海水，看取浅深愁”，面对河河的赤诚，人怎能不汗颜呢？失去河河，岂止是失去了一只鸟……

河河走后的第三天，上午9点多钟，一个邻居来电话告诉我：“你家的鸟飞出来了，在你家的厨房的窗台上，赶快把它捉回去吧！”我一听，一阵惊喜，急忙放下电话，赶到厨房。窗台上空空的，什么也没有。楼下几个老师都说，是有一只鸟儿在你家的窗台上，怎么一眨眼，那样大的一只鸟就不见了。

他们一直在那里看着它，却没有看见它往哪里飞了。

我希望那是我的河河，那肯定是我的河河。它在飞回天堂之前来看一看它的家，来作最后的告别。它一定对我说了很多安慰的话，告诉我不要太伤心，我们会在天堂相见的。它一定是喊着“祝你平安”，然后飞去的。

可惜，我听不到它在另一个空间里的声音了。它让那么多人看到了它，为的是让他们向我证实它的存在，它隐去而不让我看到它，必是怕我伤心啊！

小儿子在电话中哭着读他写给河河的信：“妈妈说她和爸爸昨天把你埋在门外他们种的迎春花下，这样每天你都会看到爸爸上班下班，每天都会看到咱家人在餐厅吃饭。不管你在哪，你始终都是咱家的成员。”

我的河河飞走了！飞到永恒的乐园。它婉转优美的声音在常青的树木下在不凋的花丛间回响，它深邃清纯的目光永远永远流泻在大地上。

蓝天下，山崖旁，长眠着我心爱的小河河。不论春夏秋冬，不管白昼还是夜晚，我都能看见它美丽的眼睛清纯的目光，那是世间最美丽的眼睛，那是只有我们河河才有的目光。

原载《北京文学》2005年第5期

我想这就是人类的美德

余华

我这篇文章题目叫《广阔的文学》，这是两个月前应主办方的要求提供的，这是一个很大的题目，我当时选择这个题目是基于自己的江湖经验，演讲的题目越大越好，题目大了怎么说都不会跑题。今天上午我准备下午应该说些什么的时候，意识到这个题目出问题了，不应该用这么大的题目，这个题目是唬人的，我阅历有限能力也有限，我说不出文学真正意义上的广阔。

然后呢，我找不到笔。华中科技大学很友好，让我住在学校宾馆的套房里，可是没有笔，我花了一个多小时找笔，写字台上没有，床头柜上没有，所有的柜子和抽屉都打开来找了，连卫生间也没有放过，就是没有笔。我想利用上午的时间把下午要讲的写个提纲出来，可是没有笔。本来想写个提纲讲讲文学的宽度，没能力讲文学的广阔，就讲讲文学的宽度。可是没有笔，所以今天晚上的演讲可能连宽度也没了。我不是抱怨华科大的宾馆，我作为一个作家自己没带笔，我也没有抱怨自己，因为衣服的口袋资源有限，原来放笔的口袋现在放手机了。这么想想还是当年穿中山装的时候好，胸前口袋插上一支钢笔很般配，现在都穿西装了，西装胸前口袋插上钢笔就不伦不类了。

不管我能不能说出文学的广阔，文学的广阔都在那里，那是包罗万象的广阔。估计我今天也就是说些坐井观天的事，好在你们都知道天空有多么广阔。

去年11月份，我在罗马尼亚书展的一个论坛上有一个发言，我说："当我们在一部小说里读到有三个人在走过去、有一个人在走过来，这已经涉及了数学，'3+1=4'；当我们读到树叶在飘落下来，这就涉及了物理；当我们读到糖在热水里融化的时候，那就已经涉及了化学。所以，假如文学连数理化都不能回避的话，它根本不可能回避社会或者政治。"

希腊神话里宙斯对人类表示不满的时候，会用夸张的句子说"他想用闪电鞭挞整个大地"，这样的描写确实会让你觉得他是一个众神之王，他的鞭子就是闪电，符合他的身份。同时你也觉得这个描写很有气势，这又涉及了气象学，所以文学里什么都有。

文学里有很多夸张的描写，比如莎士比亚，他的悲剧和喜剧都非常好，当然他的戏剧有一个套路，先让邪恶战胜正义，最终再让正义战胜邪恶。他有一个戏剧，我忘了剧名了，里面描写一个忠臣被奸臣诬陷，国王把他流放到一个没有人的荒岛上，他在那里孤独地生活，而且极其艰难。他的荒岛比《鲁滨孙漂流记》的荒岛还要可怕，到处都是毒蛇，天长日久他的眼睛瞎了。再后来就是正义战胜邪恶，国王幡然醒悟，发现自己错怪了这个忠臣，派人给他送诏书，把他召回来，恢复他的官职。当那个人带着皇帝的诏书来到荒岛上找到这个双目失明的老人，给他念皇帝诏书的时候，这个历经苦难的人无动于衷，他说，即使上面每个字都是一个太阳，我也看不见了。这是典型的莎士比亚式的语言，天才作家的夸张。为什么这么说？夸张在文学里是很不好处理的，很容易失真，所以更需要叙述分寸的把握。莎士比亚让这个双目失明的老人说出这样的话，让读者或者观众心酸，而且准确表达出了这个老人在有过荣华富贵又经历苦难之后对一切淡然的内心状态。李白也夸张，他说"白发三千丈"。我记得2008年《兄弟》在日本出版的时候，日本有一个评论家写文章说，这部小说很夸张，但是这部小说来自一个有过“白发三千丈”诗句的国家，也不足为奇。这是一个日本人的看法。李白“白发三千丈”后面一句是“缘愁似个长”，愁成什么样了？这个涉及精神病学，妄想症的一个病例。

我不是说李白是个精神病患者，我只是觉得他会有精神不正常的时候，我今天在这里说“广阔的文学”也是妄想症的一个病例，夸大妄想症。其实每个人都有来自精神方面的问题，只是有时候分裂了有时候还没有分裂，有时候发作了有时候还没有发作。李白发作的时候就是“白发三千丈”，我发作的时候就是今天说“广阔的文学”，当然我的病情远没他的那么牛X。

文学和疾病的关系源远流长，有些作家能够写出不朽之作，所患疾病在后面起到推波助澜的作用。比如普鲁斯特，他的感觉十分奇妙，他写晚上入睡时，脸枕在丝绸面料的枕头上，觉得清新光滑，像是枕在自己童年的脸庞上；他写早晨醒来，看着阳光从百叶窗照射进来，觉得百叶窗上插满了羽毛。这和他体弱多病有很大关系，他10岁时得了哮喘病，这种病在当时很麻烦，后来他的哮喘病越来越严重，影响晚上入睡，他入睡前要喝一种麻醉药水，这种药水喝多了会产生幻觉，所以睡在自己童年的脸庞上和百叶窗上插满了羽毛都是药水作用下的美丽幻觉。

很多作家有忧郁症，爱伦·坡几乎每天觉得自己快要死了，可是他好好的，一直没死，还写下一系列阴森森的故事给别人看，看了他故事的这些别人一个个觉得自己的健康每况愈下。安徒生也是，一生都在担心自己的身体，担心自己眉毛上的小印记会扩大盖住眼睛，担心自己偶然间被别人的拐杖碰到会导致胃破裂，所以他写出了《卖火柴的小女孩》。麦尔维尔的忧郁症用另外一种方式表达出来，《白鲸》看似很强大，其实是在掩饰他长期以来的沮丧和忧郁，最后还是没有掩饰住，还是在作品中流露出来了。卡夫卡就不用说了，他的忧郁症在书信日记里一览无余。那个号称硬汉的海明威也经常会不正常，在非洲打猎时心血来潮，以为自己是西部电影里的神枪手，让他的一个朋友头顶一只碗，他一边后退一边举起猎枪，他的朋友对他的枪法实在没有信心，在他开枪之前就逃跑了。德国的席勒写作时桌子上要摆着烂苹果，烂苹果的气味会给他带来灵感。如果你们有兴趣跑到街上去，随便找一个过路的女孩，现在流行的说法叫美女，你们问美女写作时闻烂苹果意味着什么，美女肯定会说这太变态了。

至于在文学作品中描写出来的疾病，那就太多了，什么样的病都有。我年轻时读过很多被文学描写出来的疾病，那时候我身体很好，可是读着读着觉得自己这里不舒服那里有毛病了，觉得自己应该去医院了。所以文学又涉及了医学，或者说文学有时候就是医院，从大城市的三甲医院到下面的乡镇卫生院，里面挤满了作家、作品中的人物，还有读者，也分不清谁是医生谁是病人。

在广阔的文学里，我们读到过各种各样题材和形形色色的故事。我刚才说到了涉及数理化的、涉及气象学的、涉及医学的，涉及最多的，我想应该是社会和历史了。先来谈谈文学怎样涉及社会，我们读到的那些伟大的文学作品，托尔斯泰的、陀思妥耶夫斯基的、狄更斯的、巴尔扎克的、司汤达的等等，还有20世纪的很多伟大作品，无一例外，每一个文学文本的后面都存在着一个社会文本，这是讲述文学如何广阔时最大的一个话题。

我今天还是讲短篇小说，讲长篇小说太费劲了，把自己说死了也说不完。我现在脑子里首先出现的是大家熟悉的鲁迅的《风波》。《风波》描写的是当时社会出现巨大变化的时候，处在社会动荡边缘的农村——绍兴乡下的一个地方，那个地方那些人的反应。小说很巧妙，鲁迅写得好像很随意，虽然不像《孔乙己》那么讲究，它仍然是一部和《孔乙己》并驾齐驱的短篇小说。

《风波》一上来就是九斤老太在抱怨孙女六斤，都要吃饭了还在吃豆子，要把这个家吃穷了。然后她的孙女躲在树后面说："这个老不死的。"接下来是七斤回来了，七斤回来以后忧心忡忡，说皇帝好像要坐龙廷了。我估计就是张勋复辟的那个前后传到浙江绍兴，那个时候没有互联网，更没有后来的微信什么的。我曾经在一个收藏古玩的作家朋友家里看到他收藏的地契，那个地契居然是洪宪五年时的地契。我们都知道袁世凯是个短命皇帝，那个时候信息闭塞，袁世凯早就死了，相对偏远的地方还以为他是个活皇帝，还是用洪宪的年号。《风波》的关键是什么？就是辫子，这篇小说关注的是辫子，尤其是赵七爷的辫子。七斤摇船去城里，他不想做田里活，想到城里挣钱，到城里遇到革命军把辫子给剪了，回来以后也不觉得这是多么严重的一件事情，七斤嫂还说辫子没了看上去人挺精神的。后来一听说皇帝又回来了，没有辫子那就是要砍头的罪，八斤嫂和七斤嫂因此有一次吵架。鲁迅把吵架写得很简洁，但是写得传神。

我觉得小说最妙的是赵七爷。革命军来了，他把辫子盘到头顶上；革命军走了，听说皇帝又坐龙廷了，他就把辫子放下来。我认为鲁迅《风波》里最重要的人物是赵七爷，不是七斤。当然七斤是小说叙述的角度，鲁迅是从七斤的角度来写的。这是反映辛亥革命胜利之后旧的势力反扑回来的一篇大变革时期的小说，仔细想想，其实我们都是赵七爷，我们在社会重大变迁的时期如何来掌握自己的命运？谁能够掌握自己的命运？那些立在潮头的人都掌握不了自己的命运，更何况我们这些随波逐流的人。所以我们每个人都是赵七爷，都是审时度势把辫子盘到头顶上，又审时度势把辫子放下来。我觉得这是中国人的生存之道，这是面对社会巨变时的应对方式，是一个很好的方式，也是常用的一个方式。

每个故事都有一个灵魂，有时候灵魂是几个细节，有时候灵魂是一句话，有时候灵魂可能就是一小段的描写，它各不相同。《风波》的灵魂是辫子，赵七爷盘上放下的辫子和七斤被剪掉的辫子。涉及社会巨变，用一部短篇小说把它表现出来，《风波》是一个好例子，当然也可以找到其他的例子，很多都是长篇小说了。比如托尔斯泰的《安娜·卡列尼娜》，读了里面关于列文的篇章，就知道当时的俄罗斯出现变化了，列文是一个思想比较先进的地主，属于一个新兴地主。巴尔扎克的作品也一样。雨果的作品不用说了，雨果的作品是属于时代感很强的作品，涉及社会或者涉及其他诸如此类的方面。另外还有一些作品既涉及社会又涉及历史，《风波》里面同样有历史，我们现在读它的时候，它就是一段历史。小说《风波》有一个社会文本，还有一个历史文本。你们再读读《风波》里的人物对话，我觉得过了那么多年后的今天，仍然可以听到我们周边会出现类似的对话。

文学有一种奇妙的力量，就是历久弥新。我记得有一次在巴黎街头，太阳下山、天快黑了，所有人都在匆匆忙忙走路。我一个人在逛街，我的翻译还没有过来跟我一起吃晚饭，我就一个人在旅馆附近的街上闲逛。突然我脑子里出现了欧阳修的一句诗“人远天涯近”。这句诗也在王实甫的《西厢记》里出现过，有两个出处，这个不用关心，重要的是我们今天站在武汉或者北京这样大城市的街上，看着那么多人在匆匆忙忙走来走去，所有从你身旁经过的人和你一点关系也没有，再看看远处的山脉，反而觉得和你有关系，那个时候就会感到人和人之间是遥远的，人和山之间是亲近的。那句诗表达的可是宋代和元代的人的感受，到了今天仍然会有这样的感受。鲁迅给予我们的感受也是这样，我1983年开始混入文坛，在文坛已经晃荡了34年，现在再读鲁迅的杂文，虽然讽刺的是当时的社会和当时的文人，但我们读来有时觉得是在讽刺今天的社会和今天的文人。

我曾经有过一个比喻，如果把我们的现实当成一个法庭，文学不是原告不是被告，不是法官不是检察官，不是律师不是陪审团成员，而是那个最不起眼的书记员。很多年过去后，人们想要知道法庭上发生了什么时，书记员变得最重要了。所以文学的价值不是在此刻，那是新闻干的活，而是在此后，欧阳修的诗句和鲁迅的文章就是此后的价值。我前面所说的一个文学文本的后面存在着社会文本和历史文本也是这个意思，社会文本说过了，现在来说说历史文本。

很多伟大的作品两者皆有，我前面提到的《风波》《安娜·卡列尼娜》，还有很多作家的作品，都是在文学文本的后面同时存在社会文本和历史文本，说起来可以滔滔不绝，不去说他们了。今天说说茨威格，他有一本很有意思的书，这本书看不出后面有社会文本，只有历史文本，所以就说这本书了。茨威格像写小说那样去写重大的历史事件，那几个改变人类进程的历史事件。其中一个是《拜占庭的陷落》，写的是苏丹率领大军如何攻打当时的东罗马帝国首都拜占庭，就是后来的君士坦丁堡、现在的伊斯坦布尔。茨威格的描写有着明显的虚构，他写东罗马帝国的军人如何奋勇抵抗，让苏丹觉得攻不下拜占庭准备率军退回。他率大军包围拜占庭，进攻时牺牲减员很多，同时需要很大的给养，时间长了给养跟不上。在苏丹准备撤军的时候，发现了一个小问题，什么问题呢？就是拜占庭有个凯尔波尔塔小门，这个小门当时是给皇宫里的用人进出使用的，东罗马帝国把整个拜占庭的各个地方都守住了，唯独忘了这个小门。结果土耳其人发现了这个小门，攻了进去，拜占庭就陷落了，人类历史此后出现了重大的变化，伊斯兰世界兴起了。所以茨威格认为就是这扇小门改变了欧洲的历史，他也许是有依据的，但是拜占庭的陷落不会只是一个因素造成的，应该由很多个因素集合到一起造成的。

茨威格的思维很有意思，他的思维就是人类历史的进程往往是一个被疏忽的小问题演变成了人类历史的重大变化。他还写了当年拿破仑的战败，热爱古典音乐的人肯定都知道贝多芬的《威灵顿的胜利》，你们可能听过卡拉扬的版本，里面的大炮声是用真的大炮轰出来的声音录制的，《威灵顿的胜利》就是写拿破仑如何败给威灵顿的那场战争。当时拿破仑手下有一个叫格鲁希的元帅，其实他并不是当元帅的材料，当时拿破仑手下那些能干的元帅基本上都已经战死沙场，剩下的就是像格鲁希这样才能有限但是忠心耿耿的人还活着，所以格鲁希成了元帅。拿破仑给了他一支部队让他守住一个要塞，自己率领部队去进攻，结果拿破仑中了威灵顿的埋伏。当时这位元帅知道拿破仑和敌人在激战，他们听到了远处传来的枪炮声，他手下的将军们都坚决要求率领自己的部队去援救拿破仑，格鲁希说，给我几分钟考虑一下。其实不止几分钟，茨威格说就是这几分钟改变了这场战争的格局。格鲁希的理由很简单，就是忠诚，他要忠于拿破仑的命令，拿破仑让他在那儿，他就在那儿，没有拿破仑的命令他不能动。格鲁希不会审时度势，因为他不是一个帅才，他应该是个和拿破仑在一起，在拿破仑身边，拿破仑让他干什么他就干什么的人。由于拿破仑能够放出去独当一面的元帅都已经战死了，只能把他拿出去独当一面，结果导致了拿破仑的失败。格鲁希犹豫以后同意手下的将军率兵去营救，但是晚了，威灵顿已经胜利了。茨威格的故事讲得很吸引人，这本书现在好像是叫《人类群星璀璨时》，过去在中国出版时不叫这个书名。茨威格把他的历史观融入这样一个半虚构半非虚构的写作之中。茨威格这两个故事的灵魂在哪里？在于一个小门和几分钟的犹豫改变了欧洲的历史，他寻找到了历史的切入点，也是写作的切入点。仔细想想，很多历史的改变确实是在不经意之处发出的，人生也一样，后来的壮举当初只是一个小小杂念，很多的成功其实是歪打正着。

文学包罗万象，我说到现在也没说出多少来，但是有一点是我最后要说的，就是文学最重要的是什么，就是人。20世纪20年代流行过雨果的一首诗：世界上最宽阔的是海洋，比海洋宽阔的是天空，比天空宽阔的是人的心灵。

现在我要说一个人的心灵的故事。我年轻时读过《圣经》，我不是基督徒，也不是天主教徒，什么都不是，我是把《圣经》作为一部伟大的文学作品来读的。假如现在有人要我选择，说只能选择一部你认为最了不起的文学作品，我会说那就是《圣经》。《圣经》里有很多故事，其中有一个故事至今难忘，由于读的时间久远我已经忘了在哪个篇章里，也忘了里面人物的名字，但是故事的内容我记住了，因为我知道这个故事的力量在什么地方。

这个故事讲一个富人，他有很多头羊。《圣经》里计算一个人的财富都是用多少头羊来计算的，羊就好比是现在的银行存款。这个富人有好多头羊，还有一个城堡，过着丰衣足食的生活。有一天他突然厌倦这样的生活，想带着他的妻子孩子们去远游，就把所有的羊还有城堡交给他最信任的一个仆人，然后他带着家人和一些仆人走了。他在外面漂泊了很久之后，开始想家了，身体也不好，想落叶归根，就让一个仆人去通知帮他看家的仆人，让看家的仆人准备一下，他要回来了。过了一段时间消息传来，说那个看家的仆人把他派去的仆人杀了。跟随他的仆人们说，那个仆人已经背叛你了，已经把你的财产据为己有。这个富人不相信，他责怪自己不该把一个笨嘴笨舌的仆人派去。然后派了一个他认为聪明伶俐的仆人去报信。他说，前面那个仆人肯定没有说清楚，只要这个仆人去就能说清楚了。这个富人根本不会去想那个仆人是否已经背叛了他，他脑子里没有这样的想法。结果那个聪明伶俐的仆人去了也被杀了，他还是不相信，他说，还是我错了，我应该派我最疼爱的小儿子去，他只要看到我的小儿子，就知道我是真的要回来了。他把最疼爱的小儿子派过去，也被杀了。《圣经》就是用这样的方式讲述一个人内心的纯洁，人性的纯洁能够讲到这种激烈的程度，当他知道那个仆人确实背叛他以后，愤怒爆发了，故事最后是他率领一直跟随他的家人和仆人打了回去，背叛他的那个仆人被处死，这就是结局。故事的前半段讲述的不是人的愚蠢，而是人性的善良和纯洁，善良或者纯洁看似天真软弱，但是爆发时的力量是任何东西都无法阻挡的，我想这就是人类的美德。

原载《北京文学》2018年第3期

第三辑

活着，就要热气腾腾

冬天的记忆

田珍颖

母亲的生日，是阴历腊月二十三，祭灶那天。

母亲的忌日是大年初二。

就这样，在冬天向春天转换的十天里，有关母亲的记忆密集着，在我们心里，留下一道奇特而温暖的情感轨迹。

一

母亲留给我记忆中的第一个故事，是这样的——她说，她的生母早早去世了。当她的继母给她冷脸时，家里的门环便会“哗哗”地响个不停，直到继母收起恶相。

这个故事，是我对母亲身世的最早了解。

我的外爷（我们西安人将姥爷叫外爷）生在一个小康之家。当他和我的外婆生育了两个女儿后，幸运降临于他——他被委以重任，到青海西宁的什么地方，当邮政局长。外爷虽去较偏僻的地方任职，但，那是个肥差。毕竟西宁遥远，他将西安家中的妻女安顿好，独自前去赴任。

但后来，那条有他连接的邮政线上，传来了不好的消息，它使我的母亲切断了一个少女的天真，勇敢地走上了她生命中的第一次抗争。

这坏消息就是外爷在西宁另娶新人，并且有了一个儿子。

在几天几夜的慌乱、痛苦之后，我的外婆和母亲作了一个亲戚们都十分震惊的决定：到遥远的西宁去，找外爷讨个公道。

我永远想象不出在那个交通不发达的年代，她们母女是怎样地火车、汽车、徒步、人力车交替着，走完了从西安到西宁的千里长路，颠颠簸簸地来到了外爷面前。

外爷的新妇，是当地富绅的女儿。母亲后来告诉我们，西宁那个家，雕梁画栋，富丽堂皇。更多的过程，她却从来不说，只是告诉我们故事的结局——外爷内疚，给了一笔钱，打发她们母女返回西安。

孤独有时会将惊恐放大。但那时，年幼的母亲在疲惫与艰难中，来不及惊恐，就被几个强盗挡住了路。钱被那些人翻出来的一瞬间，母亲勇敢地跳到强盗的面前，大声诉说她们的遭遇，伤心处声泪俱下。那几个衣着褴褛的强盗竟撂下抢到手的钱，悄悄地走了。

这个故事，母亲每讲到这里，我们姐妹都会拍手称快，扑到母亲怀里，欢庆胜利。

但此刻，当我写到这里时，我却泪流满面，因为我眼前闪现的是当年母亲那副瘦弱的肩膀——那是个刚上初中的女孩的肩膀啊！

有了这笔钱，外婆想就此过安静的日子。但母亲不肯，她有一颗很大的心。她要独自去北京求学，将来改换门庭，让外婆过上富裕的日子。杨虎城将军在陕西设立的官费助学金帮助母亲实现了她的理想。

但，曲折的求学路，尚未走完时，外婆却在西安病危了。母亲千难万难地赶回西安，却只见到永远不再睁眼的外婆。她用手抚着外婆的脸，传递过来的冰冷，让她永生痛彻肺腑。

其实，对母亲来说，比幼年遭遇更难愈合的伤口，是我大姐的死。

大姐是在北平刚解放时去世的。从那时，到母亲去世的五十年里，我家的人，在母亲面前，绝口不提大姐的名字。

那时，北平和上海都刚解放，为了孩子们受到更好的教育，父母决定全家从上海移居北平。父亲先到北平安排。接着，大姐为不耽误学业而匆匆登上了火车。母亲则带着其他几个孩子，留在上海，打理房产转变等大量的家事。

十四岁的姐姐在火车上靠窗而坐，她太喜欢窗外的风吹来的凉爽的感觉。不想，一到北京，就感冒发烧。第二天送到医院，一针盘尼西林，夺去了她美丽的生命。她临死时，清晰地对父亲说：爸，我是让针打死的。

这回，父亲惊呆了，他看着女儿在自己眼前这么快地闭上了双眼，他不知道怎样对母亲和孩子们交代。

但母亲似有预感。大姐去世的当天，上海家中并不知噩耗，妹妹却梦见大姐从一座如教堂般圆顶的白房子走出，下了两个台阶，走到一处草地上。

母亲到北平时，父亲还试图瞒着她，说外地有个好学堂，送大姐去了。母亲一言不发地安排着孩子们的房间，她的沉默使父亲再也无法隐瞒实情。听完大姐死去的情况后，母亲把自己关在屋中，无泪却号啕着，任谁也听不懂她在呼喊什么。

第二天，她来到东直门外一个教堂的公墓，那里，绿草茵茵。她按照妹妹梦见的景象，为大姐修了一座圆顶的水泥坟墓。墓碑背面，刻上她手书的四个字：母泪不干。

几年后，不满一岁的小弟的夭折，把母亲又一次抛到失子的痛苦深渊中。

小弟得了先天性心脏病。那时，母亲下班回来的第一件事，就是把他紧紧地抱在怀里；他无力地将头靠在母亲的肩上。母亲望着他，那慈爱的眼光中流动着忧伤。

小弟是在一个初春的明媚阳光中，悄悄地离去的。母亲抱着他的小棺木，独自乘一辆三轮车，去往大姐的墓地。那时，爸爸不在国内，但母亲不让我们跟随。只是傍晚从墓地回来时，她回到自己房间，关灭了灯。

第二天一早，母亲就上班去了。

母亲抱着小弟的棺木、满脸满衣襟的泪水，那形象却在我心中伫留至今。

二

上节提到的那个门环“哗哗”响的故事，不久，便被母亲延展了。

那是寒假中的一天，我们从外面玩得满头大汗地跑回家，刚进堂屋，就怔住了。那个在门环响时才收住恶相的继外婆，就坐在堂屋里。令我吃惊的是，她是一个满脸麻子的丑女人。这之前，母亲的故事里只说“恶相”，没说过麻脸。母亲让我们叫外婆。我们小声叫了。“麻脸外婆”身旁站着一个脸色苍白、身材瘦高的小伙子。这自然就是那个生在西宁的“舅舅”。

在他们到来之前，我们已经知道，外爷在西宁落魄而回，他失势的岳父，使他也从邮政局长的位子上掉下来，只好将西宁的家搬回西安。待母亲与我父亲结婚后，外爷无颜见事业发达的女婿女儿，就从不到我家这座新院落来。母亲只好经常回去照看和接济这个败落的娘家。不久，外爷去世，“麻脸外婆”母子俩勉强支撑了一阵，这才按我母亲的安排，搬到我家来。那个沉默寡言的舅舅，染着肺结核，母亲怕他传染了我们，又怕太在意而冷落了他。倒是舅舅很自觉，每次吃饭，拣好菜饭，躲回自己房间去吃。麻脸外婆因此在餐桌边坐卧不宁。母亲看出她的为难，从此，给他们母子将饭菜送到房间去。

母亲说，外婆也可怜，西宁娘家没人了，你外爷也先走了，你舅舅又有病，她能靠谁呢？继外婆从此依靠我母亲，度过她孤寂的晚年。

我不知道母亲是怎样完成了对继外婆的从怨到宽容的转化，但当我们看到继外婆的笑脸时，我们不再感到她那麻脸的丑陋，而是和母亲一样，怜惜她。

和继外婆一样，让母亲应当有怨的，还有一个女人，她是母亲在北京求学时的挚友，我们叫她Z姑姑。

大姐的死，使这位Z姑姑成了我们拒绝见到的人。因为，恰恰是她的安排导致了大姐的死。发着高烧的大姐，被Z姑姑送到一家在南池子的私人医院，那医生是Z姑姑在基督教会的朋友。正是这个医生，一针过期的盘尼西林，使大姐在四个小时后匆匆离世。

在我们都拒绝见Z姑姑时，母亲却平静地接待了她，并说，娃有娃的命，能怪谁呢？

Z姑姑后来仍常与母亲来往。“文革”结束时，母亲决意移居香港，我家在西单的住房空下来，母亲还请Z姑姑去住，并对我们解释说，Z姑姑独身一人，让她住宽敞些，安度晚年吧！

这种人性的天然，就这样被母亲不断地演绎着。

但，当时间迅速地推到了“文革”时，母亲却看到了那深厚的人性，是怎样破碎的。

母亲那时在一个部委的幼儿园任园长，这个幼儿园是母亲奉命一手创建的。在这之前，她在这个部委的人事部门工作。这个由她创建的幼儿园，在“文革”中翻天覆地的变化，动摇了母亲“人之初，性本善”的原始理念。她看到那一张张往日里笑容盈盈的脸，一夜之间都变得冰冷而凶狠。大字报上，她的名字被打上红×；批斗会天天开着，人们声嘶力竭地揭发她控诉她；口号震天地对她喊着“打倒”“砸烂”，让她交代她本没有的“问题”。她本来有病的心脏，已不堪重负，批斗会后，常常是等在幼儿园门外的妹妹，搀着她去乘公交车回家。我曾拿着母亲已写了七页的“交代材料”，替她“修改”，帮她“上纲上线”。有一天晚上，幼儿园的一位工人刘叔叔找到我家，进门就拉着我们的手说，他们真不该这样对待秦园长呀！倒是母亲劝慰着他，让他少说话，保护好自己。

“文革”中的又一天，我的同事（亦是我和爱人大学同窗），打着“造反派”的旗号，抄了我和爱人的家。那时，我们与婆婆同住；而前些时候，婆婆被街道红卫兵指为“地主”，我们整日担心着抄家批斗的灾难会突然而来。明知这个“造反派”同窗是为泄私愤而来，我们却因婆婆之事，决定忍了这口气。愤怒的爱人被挡在同院陈姓邻居家，抄家者进入我们屋内。或许自知是怀着鬼胎的，抄家者理不直气不壮地只顾两只手急速地翻找，全无了平日“造反派”的气焰，装不出个“革命”的样儿来。最后只捡了些本册纸片，败兴而去。对方刚走，爱人却告诫我：来者不善，会不会又到对面旧帘子的家中折腾？他指的是我父母的家，和我婆家仅隔西长安街而南北相望。那时，这个家的亲人已四处离散，只留下年迈的祖母苦守独院。

我赶到家门口时，恰逢母亲出来。她被“造反派”允许回家取衣物，但必须限时归园。我随着送她去公交车站，一路上向她诉说被抄家的经过。她听到抄家者的身份时，眉毛扬了一下，问我：还是大学同学？不等我回答，她就神色黯然地摇摇头。我说担心殃及这里才忙着跑过来看。母亲像突然觉到了什么，拉着我的衣袖说：娃呀，你多回来几趟吧！尽量别让“造反派”占了咱家的房子，要那样，孩子们回来，住在哪儿呢！我知道她仍不顾及自己的安危，唯一惦着的就是我们的小院——那个到处弥散着她的温暖的家，那是她和我们的居所呀！但，一时情急，我竟脱口说：妈，“造反派”连部长的房子都敢占，何况咱家！母亲顿时无言，轻轻地拉着我的手，我们默默地走向车站。她的手无力而冰凉，让我感到她内心的伤感和无望！

母亲在打扫卫生的繁重劳动中喘息着，但不久，一纸通知，让她到广东英德的干校去“锻炼”。出发那天，母亲在站台上向我们摆摆手，蹒跚着走向火车那坚硬无比的踏板。拥挤的车厢里，哪里有人给她这个有“问题”的人让座，但她衰弱已极，只好躺在车厢的地板上，在日夜不停的车轮声中，颠簸48小时，才挨到英德干校。

那一幕，使母亲的儿女们肝肠寸断。母亲佝偻的背、弯曲的腰，从那时起，就难以再直起来。

伫笔此处，我并不想写母亲后来的苦难，因为她自己是坚强的。当她几年后从干校回来，我家的小院早已被“红五类”住满，母亲只好在儿女的家里支起一张床。不久，又等到一纸退休通知，她平静地对通知者说：明天我就去办手续。

但，细细咀嚼母亲的这一次宽仁，却不见丝毫的柔软温情。因为不久后，她断然地决定：南下香港。这是她年过六十后的生存选择。在她一生中，父亲多次工作不在内地，她都拒绝相随，她有自己的事业，有儿女们护卫成的天地。但这次，她却义无反顾地离开了她在北京的家。并且，在香港家中的新房子里，她一脚踏入，望着落地窗外漫漫的海水，自言自语地说：终此一生，不再搬家！

我没有看到在罗湖界限上，母亲迈出那一步的情景，但我想，她一定是摆摆手，头也不回地走了。

想着她的背影，我心怅然。

三

我常想，母亲一生追求什么？

如“理想”这样光辉灿烂的字眼，母亲并未对我们讲过。但究其一生，她是个最有追求最有理想的女性呀！

她追求的首要，是做一个合格的母亲，因而，她要一个家，一个富裕、温暖而快乐的家。这个追求，从她和父亲成家的那天起，就明确在她心间。随着孩子们的出生，这个家日渐壮大，母亲和父亲都自觉感到责任之重，因而，他们一直努力着，把这个家推向一个又一个高度。

在这个家里，母亲的角色尤为重要，因为她是离孩子们最近的人。我们知道，离开了她，我们就难以快乐地成长。

除了上班外，母亲的时间，全部用在使我们快乐的各种活动中。春天，她带我们跑遍北京的公园，去听花开的声音；夏天，她划着船，让我们在昆明湖上亲近着水；秋天，我们去看菊花展，捧着她买来的菊花快乐地回家；冬天，我们的院子里常站立着各种各样的雪人。那时，钓鱼台附近有一处小树林，林中流着小溪水，母亲带着我们着水去捉蝌蚪捕小鱼。

母亲在婚后就这样扶持着我们，护卫着我们。

母亲长时期都处在较富裕的生活中，但她“上得厅堂，下得厨房”。她从不养尊处优地鄙视家务事。母亲最注意卫生间的清洁，每个星期日，她都亲自刷洗马桶、擦净浴缸，把来苏水洒到角落里消毒。

做着这些“俗事”的母亲，转身就会优雅地弹起钢琴，带着我们唱“小鸟在前面带路”，或是“蓝蓝的天上白云飘”……

但，对一个家的贡献，并不是母亲追求的全部。她的“生涯中”，有许多节奏很急速的乐章。在那些有着风暴的日子里，母亲展现了她的另一个追求，那就是：良知。

母亲的良知，自幼年始。他们那一代人，看到军阀混战，民不聊生；看到外敌侮我，政府却退让不争。于是，在她上小学时，便担任了本校的儿童团长，与担任西安市儿童团长而后来成为我父亲的人，一起举起小旗，喊着“打倒列强”的口号，开会或游行。

后来，她成年了，成为人妻、人母，但她与社会相连的良知，仍在心中被滋养着。

“西安事变”的第二天，父亲应召入伍，军衔少校。他的领导就是时任西北民众运动指导委员会主任委员的王炳南。王炳南是“西安事变”中周恩来与张学良、杨虎城的联络人，在事变中起着举足轻重的作用。入伍后的父亲，便夜以继日地在外忙碌着。事变后第四天，即12月16日，西安人民举行拥护张、杨两将军抗日救国的群众大会，会后举行全市大游行。父亲被任命为大会司仪，并兼游行总指挥。那时，西安古城内，秩序混乱，治安堪忧。母亲为父亲的安危日夜难眠。16日的群众大会，母亲亲自前往。群众大游行开始后，她在游行队伍中紧随父亲的左右，高呼口号，直到游行结束。

“西安事变”的结果，使许多人扼腕叹息。西安古城内的革命力量，也面临着急剧的调整和保存。

在这样的危急关头，1937年2月4日下午，父亲接到王炳南的紧急命令，指示他将事变中成立的民运会武装纠察队立即撤到渭北，使他们安全回到红军部队中去。

此时，“西安事变”的结束，使这支纠察队备受关注，已有人蓄意策反，企图使这支队伍留在西安，等待中央军的接收。

王炳南在2月4日下午的命令，是刻不容缓的，因为2月5日晨，即要使这支队伍离开西安。父亲受命，想到当晚可能出现的险情，急回到家中，让母亲将三间房子铺上干草，等待纠察队夜宿。母亲忙派人张罗去买干草，铺地铺，竟在不到半天的时间里，准备停当。在夜色苍茫中，母亲像接待自己亲人似的，将纠察队员们一一引进房中，端上热汤热饭。第二天凌晨，这支队伍即将出发前，列队向母亲敬礼。那时，母亲只有23岁。

母亲走向社会的步伐加速着。一个对她和父亲都至关重要的人物，出现在“西安事变”后，他们正寻找新出路的时刻。这就是杜斌丞先生。

生于1888年的杜老先生，此时已是西北各界的革命领袖之一。他在杨虎城将军的部队中，历任要职。“西安事变”中，他不仅是重要的参与者、策划者，还是坚决提出“要与共产党联合”的主张者。事变后，他出任陕西省政府秘书长，曾委任我父亲代表省政府赴延安，与边区政府协商安排一批流民的工作。父亲由延安返回复命时，带回了他亲自为毛泽东、朱德、周恩来等十几名中共领导人拍摄的照片，杜老十分高兴。

从此，父亲和母亲成为杜老府上少有的晚辈客人。母亲写得一手好字，常为杜老抄写文件资料，或传送些重要信件。杜老忙得废寝忘食时，母亲会从家里做些可口的饭菜送过去，一如家人。“西安事变”后，政局变得险恶莫测，这时的杜老，反而明确了他为民主运动奋斗终生的志向。蒋介石亲令要制裁他，他遂时时被特务跟踪并威胁。

后来，杜老被软禁，母亲曾见他最后一面。那天，她盛装而行，来到杜老的住地，说是来给老人送饭。门口的特务还来不及阻挡，母亲已昂首走进院中，并径直进到杜老的居室。语言之间的无自由，使母亲泪流满面。她照看老人吃了饭，又悄悄藏起杜老委托转交的信件，才告别出来。母亲那时还对时局向光明转化抱有希望。她觉得如杜老这样德高望重的人物，蒋介石不敢动手杀害。于是，与杜老告别时，还许以“再见”。

但不久后，在胡宗南占领延安的第二天，蒋介石下令将杜老投入狱中。父亲和母亲几经努力，也未能再见杜老。直至狱中7个月酷刑折磨后，杜老英勇地在西安玉祥门外就义。

杜斌丞老先生是离母亲最近的革命者。他的教导，使母亲渐渐成长起来，她自觉地选择了为革命工作的道路。

在这里，我要记录的是1938年的一件事。它几乎涂不上太多的政治色彩，但良知的光辉，却使我的母亲成为我们心目中光芒四射的人。

经过“西安事变”，父亲和母亲，犹如受了一场革命的洗礼。他们的人生变得复杂而激越。

1938年初，父亲按叶剑英指示，为延安运送军火，他代陕西一家煤矿购买的钢材，只好搁浅在武汉的一个仓库里。此时，抗日战争正烽火连天，日军已进逼武汉。仓库一方通知，撤退在即，速速抢运。而购买钢材的煤矿，是陕西境内为前线生产物资的唯一一家煤源。

此时，父亲已在陕西省政府任公职，实难脱身前往；而情况急、风险大，一时很难找人代替。母亲忽然果断地说：我去！父亲怔住，他看着母亲怀孕数个月的身态，连忙摇头。母亲冷静地分析说，我们代人购货，不交货，无信誉，这不是我们的为人之道。再说，如果矿上停产，损失的不光是钱！父亲无路可走，更知母亲一向是想定了的事就不可逆转。于是，他含泪送母亲上了火车。那是在战时，凭父亲的职位，临时乘车，也只能给母亲安排三等座票。30多个小时的车程，平汉铁路上天天有来轰炸骚扰的日本飞机……这一切，父亲竟是在母亲上火车后才想起，他后悔莫及，但那时通讯落后，怎知母亲的安危呢？果然，车行途中，警报响起，满当当一车人纷纷跳车，四散到两旁的庄稼地里。母亲有孕在身，如何跳得了车？在空荡荡的车厢里，她孤独无援地躲在一个角落。过了许久，警报解除，日机并未来炸，而母亲已是冷汗浸湿衣衫。到了武汉，见到先期在这里工作的王炳南先生及他的德国夫人王安娜，他们见母亲任务繁重、身体艰难，忙向她介绍了武汉的危难时局，希望她量力。这些情况反而加快了母亲办事的步伐。她查看仓库，又四处奔跑联系车皮，她不顾一切的奔忙，最终打动了武汉火车站的站长。站长称她为“女同志”（这是北伐军的遗风），果断地说，我一定帮助你，并举手向母亲敬礼表示敬意。

站长在千难万难中调来了车皮，并动员全站职工“向这位女同志学习”，帮忙将钢材装车，并分文不收。

母亲的奔忙，还感动了王炳南夫妇。

她临行当天，王炳南先生找到与母亲同车出发的国际友人艾黎先生，他简述情况，请求艾黎先生代为保护这个“勇敢的女人”。艾黎先生紧紧握住母亲的手，将她引到自己的车厢，一路平安地回到西安。

事后，煤矿的人从百里之外赶来西安，一定要设宴感谢母亲，说是全矿上下都一致说，感谢秦先生（西安的友人一向这样称呼母亲）。

我想象，在那个宴会上，母亲一如一位美丽的女神。

这个故事，在父亲第一次讲给我们后，母亲问我们：那个在我肚子里坐火车的小家伙是谁呀！我们傻呆呆地面面相觑。还是聪明的大姐先醒悟，她指着我的鼻子说：那不就是你呀！

后来，我长大了，想起母亲的这段经历的艰难，竟泪如雨下，辛酸的感觉凝住心头，难以化开。

这是我第一次动笔写母亲的武汉之行。她是一名普通的女性，没有人会在什么革命回忆录中记下她。但，我们——她的儿女们却要说，我们的母亲，是一位有良知的母亲，良知就是她生命的光芒。

母亲因胃癌而去世，不止一个庸医误了她，其中有最不该误她的人。

至今，母亲去世已近二十年。过几天，就是她的生日；她的生日后，我们才过春节。这段时间，我们的日子里充满对母亲的回忆，伤感但又温暖。

原载《北京文学》2014年第1期

梁晓声散文两篇

梁晓声

父亲的荣与辱

一

我的父亲是新中国第一代建筑工人。

我上小学前见到他的时候是不多的——他大部分日子不是家里的一口人，而是东北三省各建筑工地上的一名工人。东三省是新中国之重工业基地，建筑工人是“先遣军”。

那时的我便渐渐习惯了有父亲却不常见到父亲的童年。

我上小学二年级那一年，父亲所在的建筑工程公司支援大三线建设去了，父亲报名随往。去与不去是自愿的，父亲愿去。作为新中国第一代建筑工人，他觉得能在国家需要时积极响应号召，是无上之光荣。

父亲远赴外省之前，母亲与他几次发生口角——因为水泥。

当年的哈尔滨，除了道里、道外、南岗三处市中心区，大多数居民社区其实没有什么明显的城市特征可言，多是一片片的泥草房，即黄泥脱坯所建，稻草为顶的一类房子。长江以北的中国农村，家家户户住的基本是那类房屋。而住在哈尔滨市那类房屋内的，大抵是1949年以前“闯关东”的农民——我的父亲也是。他们没钱在市中心买砖房，城市也没能力解决他们的住房问题。他们只能自己动手解决，并且，也是买不起水泥和砖瓦的。所以，只得在经允许的地段自盖那类泥草房，形成了一片片当年的城中村。

那类房屋，每年都须用黄泥抹一层外墙。因为经过一年的风吹雨打，起先的一层黄泥处处剥落，土坯墙体暴露出裂缝，如不再补一层泥，冬季必然挨冻。俗话说，“针尖大的缝隙斗大的风”啊。

为使黄泥不易剥落，人们想出了多种多样的和泥之法。普遍的经验，是将草绳头、破袋子、草帘子拆开，剪为等长的干草截搅入泥里——那个年代，除了市中心，农村进城的马车几乎随时随地可见，城里人只要留意，草绳破草袋子草帘子也几乎处处可以捡到。甚至，这一户城里人家可以向那一户城里人家借到铡刀。足见，某些所谓城里人家“城市化”的历史有多么短。他们转变身份之前，即将某些农具带入城里了，预见必会有用，也将完整的农村生活习惯带入了城里，如养鸡鸭，养猪。少数人家，虽已入城市户籍，却无工作，靠围一块地方养奶牛卖牛奶为生。像在农村时那样，以土坯盖房屋，以泥草维修房屋，对于他们是轻车熟路之事。对于我的父亲也是。

然而成为城里人后，毕竟会学到新的经验以使干后的墙泥结实——将炉灰拌入泥中，便是很城市化的法子。但一户人家烧一冬季的煤，其实煤灰多不到哪儿去，即使挺多也没处堆放，用时还需筛细，挺麻烦。所以，此法往往只在和泥抹内墙、炕面、窗台或锅台时才用。在当年，筛细的炉灰对于寻常百姓人家便如同水泥了。

记得有一年，一座炼铁厂搬迁了，引得许多人家的老人女人和孩子纷纷出动，带着破盆、破筐，推着小车争先恐后地前往。

去干什么呢？

原来铁厂的某处地方，遗留下了厚厚一层铁锈——聪明的人不约而同地想到，将铁锈和到泥里，干后的泥面一定不容易裂，大约也比较能经得住水湿。事实果然如此，并且泥面呈褐色，也算美观。

我家住的虽然是当年的俄国难民遗留的小房屋，已有三十几年历史了，地基下沉，门窗歪斜，早已失去了原貌，比刚住几年的草坯房差多了。父亲早已开始用黄泥维修了。

某年父亲和泥抹房子时，母亲又一边帮他一边唠叨不休："说过几次了，让你从工地上带回来点水泥，怎么就那么难？"

父亲那时每每板起脸训母亲："再说多少次也白说！从工地上带回来点儿？说得好听，那不等于偷吗？水泥是建筑行业的宝贵物资，而我是谁？……"

母亲也每每顶他："说来听听，你是谁？你不就是十七岁闯关东过来的山东农民的儿子梁秉奎吗？"

父亲则又不高兴又蛮自豪地说："不错，那是从前的我，现在的我是中国第一代建筑工人，中国领导阶级的一员！休想要我往家里带公家的东西，你那是怂恿我犯错误，有你这么当老婆的吗？"

"抹抹窗台、锅台、炕沿，那才能用多少水泥？怎么话一到你嘴里，听起来就是歪理了呢？"——母亲光火了。

"我把咱家的窗台、锅台、炕沿用水泥抹得光溜溜的了，别人一眼不就看出来了吗？你当别人都是傻子？如果谁一封信揭发到我们单位去，班长我还当得成吗？"——父亲也光火了。

"那就不当！不当又怎么了？我问你，那么个小破班长，不当又怎么了？"

母亲则将铁锹往泥堆上一插，赌气不帮他了。

为了修房屋时能否有点儿水泥，父母之间不止发生过一次口角。

当年我的立场是站在母亲一边的。我讨厌窗台、锅台、炕沿经常掉泥片儿的情形。依我想来，就是一次带回家一饭盒水泥，几次带回家的水泥，也够将我们的小家很主要的地方抹得美观一点儿了。当年我也挺轻蔑父亲将自己是一名建筑工地上的工人班长太当回事儿的心理。在这点上，我的一辈子与父亲的一辈子完全不同。父亲当他的班长一直当到"文革"开始那一年，以后不再是班长了，似乎是他心口永远的“痛”。而我这一辈子，从没在乎过当什么。不管当过什么，随时都可以平静对被“免去”的结果——只要还允许我写作。而今，连是否“允许”我继续写作都不在乎了。快七十岁的人了，爬格子爬了大半辈子了，一旦不“允许”了，不写就是了。

父亲去往大西南的前一天晚上，母亲又与他闹得很不愉快，还是因为水泥。

母亲一边替他收拾东西一边嘟哝：“说走就走，一走还去往那么老远的省份，把这么个破家丢给我和孩子，叫我们往后怎么办？你看这炕沿、窗台，还有外屋那……”

父亲打断道：“还有外屋那锅台是不是？你就别叨叨了，饶了我行不行？我还是那句话，占公家便宜的事我肯定不干，因为我是领导阶级一员，领导阶级得有领导阶级的样子！”

父母之间的不快，使父亲与我们临别前那一个晚上的家庭气氛沉闷又别扭。

我上初一那一年夏季，父亲自四川归来。他这一次探家历时六日，先要从大山里搭上顺路卡车到乐山，再从乐山乘长途公交至成都，而后乘列车至北京，从北京至哈尔滨。当年直达车每日一次，没赶上的话，只得等到第二天。如果还没买到票，还得再等一日。直达的票极难买到，父亲便索性一段段向北方转乘。因为根本无法确定到哈时间，父亲就没拍电报要家人去接他。

他是很突然地进入家门的，在晚饭后那会儿。当时家中有位邻居大婶与母亲唠嗑，不唯那大婶，母亲和我们几个儿女也讶然不已。他带回了太多东西，肩挎一截粗竹筒，一手拎一只大旅行袋，还背着一只不小的竹编背篓，很沉。我和哥哥帮他放下背篓，见他的蓝工作服背一片白，像是被面粉搞的。

母亲用扫炕笤帚替他扫时，邻居大婶惊诧地说：“哎呀妈呀，你家梁大哥太顾家了，还从四川那么远的地方往家里带东西啊！四川不是出水稻不出麦子的省份吗？”

父亲无言地笑笑，没解释什么。

等邻居大婶走了，父亲才说，背篓里那两个布袋子装的不是面，而是白灰和水泥。

母亲心疼地说：“你中魔了？那是非往家带不可的东西吗？”

父亲说：“是啊，我要了你的心愿，用水泥把咱家窗台、锅台、炕沿抹得光光溜溜的，再把咱家屋刷得白白的，也让你见识见识中国第一代建筑工人干活的质量标准！”

母亲愣愣地看了父亲片刻，一转身，双手捂面无声而泣。

我们的家在父亲连续几天的劳累之下旧貌换新颜了。粗竹筒里装的是十来份奖状，都是晚报展开那么大幅的。花钱仔细得要命的父亲，居然舍得花钱买了十来个相框。当十来份奖状镶入框中，分两排挂在迎门墙上后，简直可以说很壮观，使我们的家蓬荜生辉了。

片警小龚叔叔来家里看父亲，而父亲去工友家尽自己的探家义务去了。小龚叔叔扫视两排奖状，正了正警帽，庄重地敬了个礼说：“向支援大三线建设的建筑工人致敬！”

母亲将小龚叔叔的敬意告诉了父亲后，父亲红着脸笑了，笑得满脸灿烂辉煌……

二

1978年，我回哈尔滨探家时，父亲已六十二岁了，退休不久。因为家中生活困难，单位照顾他，特批他晚退休两年。退休与没退休，每月差二十元左右呢。在1978年，二十元对任何一户普通城市人家都是一笔关乎生活水平的钱数。

自1966年“文革”发生后，父亲两年没再探过家。1968年我下乡了，从此与父亲南北分离，天各一方。算来，十余年没见过父亲了。

我又见到了父亲，他已是完全秃顶，蓄着半尺长白须的老头了。

那年我二十九岁，不太觉得自己与十年前有什么区别，但父亲的变化着实令我暗自神伤，感慨多多。父亲不仅是一个老头了，而且，分明还是一个自卑的老头了。似乎，不知从何时起，他那种“新中国第一代建筑工人”“领导阶级”之一员的光荣感、自豪感，被某种外力摧毁了，彻底瓦解了。为了使他开朗一点，起码不那么像个哑巴似的，我经常主动找些话题与他聊，然而他总是三言两语地应付我，一次也没聊成。

一日，家里收到一封挂号信，是父亲单位从四川寄来的——一份“政治问题”审查结论书，写的是关于父亲系“日本特务”之嫌疑罪名，实属诬陷，彻底平反。而关于父亲在“文革”中的错误言行，经复查一一属实，维持原处分。

我大愕。

问父亲：“日本特务”之嫌是怎么回事？

父亲说，那是因为自己当时说几句日本话跟工友开玩笑惹出的祸。自己是从“伪满时期”过来的人，会说几句日语也没什么值得大惊小怪的啊。

又问：“文革”中的错误言行是怎么回事？

父亲说，“停产闹革命”时，他想不通，确实说过一些话，如——“普通的工人阶级文化程度都很低，‘文化大革命’跟咱们没多大关系。”“工人都不做工了，农民都不种地了，这么闹下去，天下大乱还只是乱了敌人吗？”

再问：“后来号召‘抓革命，促生产’了，那时怎么没为你平反呢？”

父亲吞吞吐吐地承认，自己当年还先动手打了批斗他的人，一拳将对方打得口鼻出血，这当然激怒了对方，围殴他。他也被激怒了，抡起了铁锹，差点儿劈死了一个人……

这太符合父亲的性格了。不问我也想象得到，父亲肯定因而大吃苦头。

我说："爸，你别管了。你的事，我管定了。"

我当即复信，在信中写了几多"你们他妈的""混蛋王八蛋"之类，总之是骂了个淋漓痛快。信末，限对方在我要求的时间内给我以答复，否则我将亲往四川，找他们当面算账。

如今想来，我还是认为，那是我生平写过的最好的信之一。

当年，那也太符合我的性格了！

为了等到回信，我推迟了回北京的日子。在我要求的时间内，家里收到了回信。是一封措辞极为客气、恳切、委婉，承认他们思想认识有局限性的信——结论嘛，自然是按我要求的那样，一概平反，赔礼道歉。

我将那封信读给父亲听时，他一动不动地仰躺床上，眼角不停地流下老泪来。

自那以后，父亲"幽闭"般的沉默寡言终于不再，颇愿与我这唯一上过大学的儿子交谈了。有时，甚而是主动的。

于是，我也就了解了他的某些屈辱经历——不是新中国成立以前的，而是新中国成立以后的；并且，如果我不讲，弟弟妹妹们是不知道的，连母亲也知之不详。

毕竟他是新中国第一代建筑工人，一名获得过许多奖状的优秀建筑工人，故有人暗中保护过他。他被派遣到一座山上独自看仓库，以示惩罚。一年见不到几次人，连猫狗也不许养。倘允许，父亲当年是宁愿与一只小猫或小狗分吃自己那一份口粮的，但绝不允许。父亲也从没有过"半导体"。即或有，在大山里也收听不到什么广播，而且那是更不允许的。也没有任何读物。非说有，便是家信了。家信辗转到他手中，比以往晚一两个月的时间——得由上山拉建材的人带给他，还得那人愿意。

那些年里，父亲自制织针，偷偷下过几次山，向村里的妇女们请教，以极大的耐心学会了织衣物。他寄给我们的线背心、手套、袜子、围巾，便是那几年里的成果。他收集建筑工人们丢弃的破劳保手套，洗净，拆开，于是便有了线。父亲的织技发挥到最高水平，也只不过能织成一件背心。

“文革”结束后，他仍留在山上，反而不愿下山了。到了退休年龄，他还独自留在山上。那时他已有伴了——一只被他发现，由小养到大的狍子。

六十二岁他不得不离开那座山之前，将狍子带往深山放跑了。他说，如果自己不那么做，狍子肯定会被上山的工人们弄死吃掉的。

他还说，即使在看仓库的那些年，他也完全对得起国家发给自己的六十二元工资。因为他不只看仓库来着，还在山坡开出了几大片地，用自己的钱到村里去买菜籽种菜。每隔几个月，山下的工地食堂便会派人派车上山拉走，多时一次能拉走两卡车。

“我好后悔。起初我是瓦工，瓦工最高是七级。我到四川之前就是四级瓦工了，可是偏让我当水泥工班长。水泥工最高才六级。退休前终于给我涨了一次工资，也不过是五级水泥工。同级的水泥工与瓦工相比，每级少几元钱呢。熬到五级，少十几元钱呢！……”

这是我从父亲口中听到的唯一的抱怨话。

他一向说：“他们对不起我。”

从不说：“国家对不起我。”

他是新中国第一代建筑工人，工龄三十余年，退休后的工资是四十六元，我记不太清了，总之是四十几元而已。

父亲的身体一向很好，偶生病也就是吃几片药“扛过去”罢了。即使患了癌症，也没住过一天院。何况一检查出来便是晚期，住院也是白住。

我服从他的意愿，使他得以“走”在家中。在一个中午，我与他并躺床上，握他一只手，他就那么静静地走了。

三十余年间，他享受公费医疗待遇的钱，加起来不超过三百元。

我曾问他：“爸，你是工人的年代，工人是我们国家的领导阶级，你觉得你真的领导过什么人吗？”

他沉默良久，才以低缓的语气回答：“我明白你的话是什么意思。但凡是一个国家，哪一个国家没有几种说法呢？有些事是不必较真的，太较真没意思。”

片刻，又说：“我作为新中国第一代建筑工人，对得起发给我的每一份奖状，这就行了，是不是？”

我反而不知再说什么好了。

我觉得父亲也算是幸运的，退休早，避过了后来千千万万工人的“下岗”。

而如今退休工人们普遍一千七八百、两千多元退休金的待遇，父亲却没赶上。这对于他，又不能不说是终生憾事。

如今的退休工人们，比如我的弟弟妹妹们，时常抱怨“那点儿”退休金太少，根本不够较宽松地来花，但比起父亲当年的四十几元退休金，委实是他做梦都不敢想的啊！

联想到新中国第一代、第二代、第三代工人，不禁生出疼惜不已的敬意……

好心怎么就做下了坏事

四月中旬某日，北京的树虽已开始绿了，然而天气并未明显转暖，忽冷忽热，正是所谓春寒料峭之季。但那一日天气却难得地好——几乎没有雾霾，可见晴空白云，气温也升高到了20度左右，外边比家里还令人觉得舒适。

中午时分，我隔窗听到鸽子的叫声——咕咕，咕咕，持续经久，听来蛮焦虑的。在邻家的外窗台上，落着一灰一白两只鸽子。白鸽雪白，比之于灰鸽，体形略小，俊美好看。灰鸽自然也是好看的，却分明是只胖鸽子，胖得富态，估计“鸽龄”比白鸽大些。世上没有不好看的鸟儿，每一只鸽子都是漂亮的——至于秃鹫，虽属禽类，我却从不将它们视为鸟儿，总觉得它们更是长翅的怪兽。

那只灰鸽并非完全的灰，它身上闪耀着紫色和孔雀蓝、翡翠绿相间的羽泽，仿佛被撒上过那三色彩粉。我们小时候，叫那样的鸽子“灰彩光”，以区别于通体全灰的叫“瓦灰”的鸽子。

白鸽不断地替“灰彩光”梳理羽毛，还时时与之碰喙，以自己的叫声回应“灰彩光”的叫声——总之两只鸽子耳鬓厮磨，缠绵不休。

忽然，“灰彩光”飞起，落在了我家厨房窗外的空调筐上。白鸽反应迅速，几乎同时落在了“灰彩光”旁边。我看出来了，它们是夫妻关系，“姐弟恋”式的夫妻。并且，还处在甜蜜蜜的阶段。

我家厨房窗口的左右两侧，是我家一间卧室和邻家一间卧室的外墙。两面外墙，夹成了五六米长的幽巷般的空间。我家住十三层，楼高二十余层，以前也常有鸽子光顾那空调筐——就高度与隐蔽性而言，是鸽子们小憩的安全之地。我家厨房未安装空调，所以空调筐里放了两摞瓷砖，其上盖塑料板。瓷砖没将空调筐占满，一边余有一掌宽的空处。“灰彩光”咕咕叫了几声，跳入那空处去了，白鸽也毫不犹豫地随之跳入，我便看不见它们，只闻其声了。

我顿悟——“灰彩光”是要在那里生蛋呀！

但我家那空调筐也太脏了呀，多年没清理过了，积了很厚的灰土。特别是那一掌宽的空处尤其肮脏，除了灰土不说，还因曾在“筐”中碎过咸菜坛子，又风干了的咸菜疙瘩仍在那里——两只鸽子怎么能卧得舒服呢？

我虽未养过鸽子，却是自幼喜欢鸽子的人。谁会不喜欢鸽子呢？不论家鸽野鸽，它们看去都是那么的温良儒雅，风度翩翩。我一向觉得鸽子是鸟类中特有“君子”气质的。不是所有的鸟皆有气质可言。鹦鹉、八哥虽善学人语，但其实并无气质。孔雀有贵族气质，天鹅有仙家气质，鹤有道家气质，猫头鹰有股子先知气质，而若论“君子”气质，我认为非鸽子莫属。

出于自幼对鸽子的好感，我决定将那空调筐清理一番，以使“灰彩光”

有一处条件不错的产房。

儿子也在家，听了我的打算，表示支持。

我关上厨房门，打开窗子，正欲探身去，儿子问："爸，你要干什么？"

我说："抓住它们，请它们在厨房待会儿。"

儿子说："何必将它们请进厨房呢？你让它们先飞走不就行了吗？"

我说："那我替它们弄好了一处小窝，它们不再飞回来了呢？我岂不是白费事了吗？先将它们请进厨房，一会儿不是可以直接将它们放入窝里吗？"

儿子想了想，表情特理性地说："你先别惊动它们。"

他将一只长方形的一面透气的帆布挎包取来了，那是专为带我家的猫去看病用的。

儿子说："你抓住了鸽子，先放这里。"

我说："笨办法。第一，放入放出的，麻烦。第二，如果将屎拉在里边，得刷洗，更麻烦。一切在我掌控之中，不用协助，你离开就是。"

儿子不以为然地离开了。

我首先抓住了白鸽，口中喃喃自语："乖，别乱飞，我是为你们好，要懂事啊。"——将它放在了矮柜上。它似乎听懂了我的话，只从矮柜上飞到厨案上，再就不飞了，困惑地歪头看我。

它的良好表现增加了我的信心，我接着将"灰彩光"抓住，同时喃喃自语一番。两只鸽子挤在狭窄的地方，无法躲避，更无法立刻飞起，所以抓住它们可以说是手到擒来之事。然而"灰彩光"的表现却不像它的郎君那么良好，我刚一将它放下，它立刻展翅飞起来。我家才十来平方米的空间，也不是能容一只胖鸽子飞来飞去的地方啊，结果它便接连撞在墙上，撞在窗玻璃上，撞得掉下了两片羽毛。也许由于撞得有点晕了，终于歪歪地落在了冰箱上。

儿子显然听到了声音，隔了门问："爸，要不要参谋？"

我说："不要，一切都在掌控之中。"

儿子又说："作什么决定前最好考虑周到些。"

我说："我已经说过了，一切都在我掌控之中，你最好闭上嘴从门口消失。"

接下来的事简单多了——"灰彩光"不是即将当母亲了，而是已经当母亲了。那么一会儿工夫，它居然生下两只蛋了！我将两只蛋小心翼翼地从肮脏的角落里拿起，放在了预先准备好的碗里。

我当然是做事考虑周到的人，一切也当然在我掌控之中——这么一件小事，难道我还至于出差错不成？

我有条不紊地做着——将厚积灰土的塑料布轻轻地卷起，塞入垃圾桶；将瓷砖一块块搬入屋里；用拖把将空调筐清洁了两番；放了一块预先备好的三合板垫底；最后将同样预备好的塑料提篮放于板上。提篮是红色的，不大不小，放那儿之前，用厚纸板围了三面，留一面透气……

这一切我做得真是有条不紊，谁能说我考虑不周呢？

接下来，无非就是将两只鸽子请出门了。我第二次抓白鸽时，它还是没乱飞，只不过有点不情愿地躲了几躲。我将它放入窗外的窝里后，它却一秒钟也没在里面待，立刻飞走了。没飞多远，落在邻家外窗台上，疑虑重重地望着我。

我相信它会喜欢那个窝的，也相信"灰彩光"会喜欢那"产房"的。我出其不意地抓住了"灰彩光"——就在那一瞬间，极其不好的结果，也可以说是悲剧发生了。我的手不够大，而它却挺胖。我抓的是它的肩膀，那是它全身最宽的部位。我没敢用力，抓得不紧。它本能地一挣，我也本能地攥紧，却还是被它挣脱了，但——它的尾巴整齐地攥在了我的手里！整齐的意思就是，每一枚尾羽都在我的手里了！

它惊恐地在厨房里飞，东撞西撞，又撞了多次才从窗口飞出，不，那明明是仓皇地飞逃而去，摇摇晃晃的，像秃尾巴的鹌鹑，也像被击中的战机。白鸽也立刻伴之飞走……

它将装着两只蛋的碗弄掉地上，一只蛋碎了，另一只掉在拖布上，侥幸完好。

我一手攥着一把鸽尾，另一只手捡起完好的蛋，看看窗外我煞费苦心为两只鸽子做的干干净净、舒舒服服的窝，傻眼了，也心疼极了！

怎么会这么个结果？

我是爱它们甚至对它们心怀敬意的呀！

可我接下来能做的事，也就唯有往造成它们灾难的窝里，深怀罪过感地放入那只幸存的蛋了。并且，在放入前垫了绒片儿。为使那只蛋一目了然，还在绒片儿上铺了块红色的布。

不久，白鸽单独飞回来了。很明显，即将做父亲的它牵挂着那两只蛋。它先落在邻家的外窗台上，几分钟后，开始一点儿一点儿横移身体，保持高度戒备地接近着空调筐。终于，它鼓足勇气落在了空调筐上，却只低头看着它陪爱妻趴过的角落，对我为它们提供的窝却连瞧都不瞧一眼——我又想抓住它将它放入窝里，刚一开窗，它机警地飞走了……

儿子进入厨房，看看一地鸽子的尾羽和碎了的蛋、碗，吃惊地问："爸，你怎么会将事情搞成这样？"

我无言以对。

两只鸽子再也没飞回来过。

至今，十几天过去了，那只幸存的鸽子蛋不知为什么也碎了，可能是由于当时摔出了裂纹。而每每向我认为见多识广的人问："完全没有了尾巴的鸽子还会活下去吗？"

没有谁肯定地回答："能。"

一想到一对即将做父母的亲亲爱爱的夫妻鸽，就因为我一片好心要为它们提供一处窝，不仅使它们的两只蛋"完蛋"了，还使母鸽残疾了，我的罪过感很难消除。

就算它们在那个肮脏的角落孵出了两只小鸽子，也是根本无法在那个肮脏的角落将小鸽子抚养大的——我也只有这么安慰自己。

但我却不能不反省自己好心做下了坏事的原因：

我抓住两只鸽子后，根本无须将它们“请”入厨房。手一松，它们自会飞走。而它们一飞走，我想怎么做就可以怎么做，丝毫不会受到干扰。

在我将为它们提供的窝放入空调筐后，也根本不必再抓它们，只消将窗户开着，它们自会飞出去的，“灰彩光”也就断不至于没了尾巴。或许，它们没受到惊吓和伤害，有可能愿意接受我为它们提供的窝。

我既要为它们提供一处窝，就应对它们有所了解，预先搞清楚，它们比较愿意接受什么样的窝，对什么样的窝反而会心生疑虑。甚至，什么颜色会使两只无家的流浪鸽不安，这也是要有常识的。绿色的塑料提篮，内铺块红色的布，篮体又高，会不会使它们觉得是陷阱？如果并不放那篮子，只将清理干净的空调筐铺垫柔软、温暖，不但省了事，也许反而正是它们愿意接受的窝吧？

我自信满满，认为“一切都在掌控之中”，这意味着，我主观上当时是有控制欲的——不但控制着整件事情，也能操控两只鸽子本身。否则，我不会犯那么低级的错误，居然非两次将鸽子抓在手中不可……

世上一定有不少人好心反而做下了坏事。

我想，这些人中，像我一样好大喜功、自以为是，同时控制欲作祟者，估计也为数不少吧？——若是政府官员，恐怕便会激起民怨甚而民反了呀。

民可不像鸽子那般君子……

原载《北京文学》2015年第10期

皮鞋

漆剑荣

1984年我大学毕业时刚刚20岁。本来我是分配到铁道部机关工作，8月去报到时，人事部门的一个阿姨语重心长地对我说，年轻人要到基层去锻炼，待在部里学不到什么。然后就给我开了一张派遣单，让我到保定一个职工中专去当教师锻炼一年。

1984年的保定还像电影《野火春风斗古城》里的街景一样，整座城市就是灰墙土瓦土砖的巷子和土围子。有一个古老的直隶总督府象征着当年这个城市在历史上曾经有过的军政地位。一个古莲花池公园和公园里一墙的碑刻，显示了这个城市曾经有过的文化氛围。

我教书的学校在五七路上。是两栋新建了没有几年的二层砖楼，一个红砖围起来的院子，院子四周种了一圈杨树。东边是一所铁路小学，再往东有一个百花市场，还有一个百花电影院。学校东边属于保定比较繁华的地方，学校西边就是荒地了。

校长是个五十多岁的北京人，戴着黑框眼镜，人瘦得像用报纸糊出来的，轻飘飘的。校长说，漆老师啊，我看了你的简历，你是学校最年轻的老师，也是恢复高考后派到学校来的唯一一个大学毕业生，你给学校会带来新气象啊。我们这些学生不是一般的学生，都是铁道部工程局下面的工段长、青年突击队队长，挑上来的都是优秀骨干，你好好教他们。然后教导主任给我一本教学提纲，校长说，我们今天都去听听漆老师的课吧。

我跟着校长教导主任往教室走，顺手翻了一下提纲，类似高中学生的语文课内容。我要教的学生大概在二十五岁到四十几岁。我进教室就在黑板上写了《岳阳楼记》。从中学到现在，《岳阳楼记》我倒背如流，所以那天我的课应该是讲得特别好，下课时学生还给我鼓掌。校长过来握着我的手说，这么年轻，讲得这么好，有前途啊有前途。

学校给我配分了一间单独的宿舍，在办公楼的二层。我的宿舍旁边是其他几位老师的宿舍，都是那些年下放下乡到外地如今想回北京又回不去，暂时在这个学校教书的老师，校长也住在我们旁边。接下来我的生活就是教这些比我大的学生，一天三顿饭和这些老师学生一起在学校食堂吃。周末有时会回北京，去王府井的书店、朝内大街的人民文学出版社，买几本自己喜欢读的文学书，然后又回到保定的学校。

我的课基本都在上午，讲课的时候围墙东边那所小学经常会上英语课。秋天教室里都开着窗户，常听见那个小学的英语老师用浓重的保定口音在领着孩子们大声念英语：this is pencil（盆搜儿，后面带着拐弯并上挑的腔调）。下了课，走出教室，我经常漫无目的地走出学校，不知道该去哪里、该干什么。

学校传达室看大门的曹师傅，看上去六十多岁，其实应该是五十七八岁吧。他的肩膀上总是坐着一个三四岁的孩子。这个孩子明明可以走路走得很好了，但总是骑在曹师傅肩膀上。我问曹师傅，这是您孙子呀？曹师傅说，是我儿子。后来跟曹师傅熟悉了，他告诉我，他跟老伴结婚快三十年了也没有孩子，领养了一个儿子，都二十多岁了，就是在市医院的妇产科抱回家的。前几年老伴不舒服，整天吐，后来肚子也一天天大了，保定这边医院检查不出来是啥病，说长了瘤子，让到北京看去。我老伴跟我哭，就像去了北京就回不来了似的。到了北京一查，是怀孕了，说都六七个月了，回来就生了这个鳖犊子。

学校大门外面有烤红薯的、卖柿子的，还有一个小人书书摊，书摊边上支个小牌子，写着“一毛钱看两个小时”，书摊边上放了几个小马扎。我走过去坐下开始翻那些小人书。《鸡毛信》，这是我小时候看过的，我又认认真真地重新翻这本小人书，看那些羊画得那么生动，一个一个羊尾巴就那么一个线条就勾出来了。

这时我看到墙根边上有一个老头，他在给人钉鞋跟儿。他应该是六十多岁，戴着套袖，腿上盖着一块帆布，身边是钉鞋的那种机器，锤子什么的。老头捧着一只鞋正在用刀割钉在鞋跟上的胶皮。那个年代我们穿的皮鞋都要把鞋跟儿钉一个胶皮垫儿，就是把废轮胎胶皮钉在鞋跟上，再用刀子把胶皮割得跟鞋跟一样大小。有时鞋跟坏了还可以重新换个跟。

“大爷，钉个胶皮垫多少钱？”我问他。

“钉胶皮垫女鞋五毛男鞋一块钱，换鞋跟两块五毛钱，换鞋底就看情况了。”

我也把鞋脱下来，让他给我钉一副胶皮垫，大爷说：“你的鞋跟都不一样高了，要削掉一截，找齐了，钉一副厚的胶皮了，五毛钱不够。”

我那时的工资是46元，那个时候很多的消费都是以分和毛算的，保定的雪花梨是五分钱一斤。“大爷，您就五毛钱吧，我没有发工资呢，没有钱。”“好吧，这次给你五毛钱算，下次不兴跟我讲价了。这要用一块厚皮子呢。”

鞋子钉好了。穿起来是感觉稳多了，很舒服呢。我高高兴兴地回学校食堂打饭。那天中午食堂吃的是饺子。我端着饭盒又走出校园来到小人书摊上坐下。

钉鞋的老头也在吃东西。他腿上的帆布上面又盖了一块花布，花布上面放了摊开的几个小草纸包，一包五香花生米，一包里面有几块保定那种驴肉焖子，还有一小包白糖。我很奇怪为什么还带白糖，跟花生米怎么吃呢？老头一只手捏着一粒葡萄，一只手拿了一个小扁瓶的白酒，只见老头用葡萄蘸一下白糖，用嘴嘬一口，咂摸一下嘴，喝一口白酒，葡萄还是那粒葡萄，没有什么变化，然后老头吃一粒花生米。这么重复着吃着喝着，那粒葡萄还是在他手里捏着，花生米下去十几粒吧，驴肉焖子没有动。

“大爷您白糖下酒啊？这是什么吃法呢？”我忍不住问他。

“我自己的吃法。白糖甜啊，酒不是辣嘛。”

“那您喝完酒吃啥饭呢？”

“烙饼。”老头又掏出一个纸包，里面是一块三角形的烙饼。保定的街上，到处都在烙饼，几乎所有的小饭馆卖的主食就是烩饼焖饼和炒饼，我也分不清这三种饼做法有什么区别。

“大爷，饼这么干，您不吃菜啊？”

“菜不好带，我吃焖子卷饼，好吃。”

“您怎么不回家吃饭啊？”我看着老头瞪着眼睛嚼着烙饼。

“回家也是我自个儿，家里没人，我自个儿。回家也是吃烙饼。”

“大爷，您吃几个饺子吧，我们食堂师傅自己包的。”不知道怎么回事，我就把我饭盒里的饺子往老头腿上的纸包里拨了一半。“饺子是热的，您吃几个饺子吧。”

老头很吃惊地望着我，连忙用手捂着饺子怕它们掉地上，嘴里连连说：“不要不要，我有吃的。”“大爷您吃吧，我们食堂里还有，不够吃我再去打点，没事的。您今天给我钉鞋还少要我两毛钱呢。”

老头用手捏着一个饺子举到嘴边，还是没有吃，仍然看着我。“吃吧大爷，咱俩一起吃。”我们俩开始吃饺子，老头把他纸包里的焖子给我一块：“这家卖的焖子最好吃，你尝尝。”

我就这样跟补鞋的大爷认识了。下了课只要没有什么活动，我经常会到那个小人书摊去翻翻小人书，或者自己带一本书坐在那里读。老头补他的鞋，他的客人也不少。到了中午，他还是一粒葡萄蘸白糖，喝着他的小酒，吃着花生米。我们学校食堂给的饭菜量都很大，我就端到老头那里去，分给他一半。老头后来就带了一个花碗，我把菜倒在他的碗里，他也热气腾腾地吃着菜就烙饼。

学校老师每天在办公室聊的都是他们的焦虑和烦恼，北京户口没有着落，两地分居何时了，等等。他们也在悄悄说着校长的事，我们校长被打成“反革命”，那么多年，终于平反回来了，妻子却无法忍受他肠癌手术后的生活，在跟他闹离婚，所以校长周末也不回北京。只有物理老师最近开心，她和丈夫曾经在牡丹江铁路局下面一个小车站干了二十年，丈夫后来考到北方交通大学读研究生，公派到美国留学，现在丈夫那边让她带孩子去美国陪读。记忆最深刻的是，她拎着两把菜刀来到办公室，说她丈夫嘱咐她务必带两把菜刀到美国去。

我那时对他们的话题毫无兴趣，我没有那么具体现实的目标和愿望，总觉得我的人生理想和目标在遥远的地方："我一定要到海上去，去往那孤独的大海寂寞的天，而我想要的，只是一艘高高的船，一颗星星，引着它向前……"我被一种文学梦想迷惑着。

秋天过去了，天气开始冷起来。保定的街道上树木很少，风刮起一阵阵的黄土。我坐在那个马扎上读美国女作家薇拉凯瑟的小说《啊，拓荒者》和《我的安东尼娅》，身心完全沉浸在书中。

"闺女，你这么坐久了要感冒的，起来动动。"补鞋的大爷不知道从什么时候开始叫我"闺女"了。我站起来看着他熟练地在换一个鞋跟。

"大爷你手艺这么好啊，怎么学的呀？"

"这算什么，以前我家里有个皮鞋店，卖的皮鞋都是我自己做的。"

"那是什么时候的事啊？"

"哎，不能提，新中国成立前了。那会儿保定府，好多人找我做皮鞋呢。"

"那你新中国成立后都干啥？"

"干啥？后来穿皮鞋的少了，我就上班去了，上了些年，就自己回家不干了，补鞋呗，啥鞋子都补，也给人做鞋。"

"那你怎么没有结婚成家呢？"

"哎，不能提，成过家，散了。"

转眼快到寒假了。我跟补鞋大爷说寒假我要回家看父母去。"大爷，天这么冷了，您别出来干活了。中午没有人给您带吃的，您不能老吃那个凉烙饼啊。”大爷抹了一下眼睛，说：“闺女，你回家吧，没事，我都是这么吃的，没事。自个儿待家里没意思。你几时回来呀？”“过了春节就回来了。”

第二天上午刚下课，传达室曹师傅就喊我：“漆老师，漆老师，过来，有你的东西！”我跑到传达室一看，一个大袋子，里面装了五只油纸包着的烧鸡，两大块熟驴肉，还有一口袋五香花生米。“谁给我的呀？”“门口那个补鞋的老头。”

我连忙跑出去，补鞋的大爷还在那里埋头钉鞋跟。“大爷，您买这么多东西给我干吗？我吃不了，花这么多钱，您要钉多少双鞋呀！”“拿回家给你爹妈吃去。马家老鸡铺烧鸡可好吃了。拿回家你爹妈过年尝尝。”“大爷，我去给您打饭，您等着啊。”“今天不打了，我吃驴肉火烧。回去吧，快回去收拾收拾回家啊。”

毕业后的第一个冬天回家探亲，我背着五只保定马家老鸡铺的烧鸡、两大块徐水驴肉和一口袋五香花生米，从保定到北京，从北京到哈尔滨，又辗转到家，那真是一次沉重的旅行。

过了春节学校开学后不久，校长叫我到他办公室。“漆老师啊，我听曹师傅说，你经常跟学校门口那个补鞋的老头来往，还打饭给他吃，曹师傅不放心让我提醒你一下。保定这些年还是乱，你一个女孩子又没有亲人在这里，交往人要小心啊。曹师傅说那个老头以前是‘四类分子’。”我愣了一会儿，问校长什么是“四类分子”。校长说，地、富、反、坏、右吧。我说那不是五类吗？校长笑了，说我以前也是这五类里面的呢。我跟校长说，那个大爷没有家没有儿女，新中国成立以前做皮鞋，现在补鞋，每天都在学校门口补鞋，我是看他天天吃烙饼，没有菜吃，就分点菜给他，没有什么交往。校长听了沉默一会儿说，去吧，没事了。

保定的春天来了，记忆中的五七路上，看不到花红也看不到柳绿，只有校园里那一圈杨树在慢慢发芽。

“闺女，你喜欢保定吗？”有天中午补鞋大爷问我。这个季节葡萄没有了，大爷就用一截儿大葱白蘸白糖嘬，这又是新吃法。

“不喜欢。”那几天我正好遇到了伤心的事。

“保定挺好的。买个房子，找个女婿，你就在保定安家过日子。当老师教书多好的活啊。”

“再过几个月，这学期结束，我就回北京啦，不回来了。”这应该是我第一次告诉补鞋大爷，我要回北京去。大爷钉鞋跟儿的锤子举在空中半天没有落下去，他的吃惊和难过一下子涨红在脸上。

“你不回来啦？”

“不回来了，我只在保定工作一年，七月份我就回北京了。”

“还以为你就在这个学校一直教书……”

“不是的，大爷，我的户口在北京，我回去就不当老师了。”

“呜——”的一声，大爷扔下手里的鞋子和锤子，就哭了。我被他吓了一跳：“你怎么了？怎么了？”“你不回来了！”他哭得像孩子一样。

接下来的一段时间，我都不敢出校门，怕遇到补鞋大爷。有几次我还是惦记他，打饭过去给他吃，他都是拿碗盛了慢慢低头吃，没有什么话。

六月下旬的一天傍晚，我在宿舍里，一个学生跑过来说，漆老师你快去看看吧，传达室那里在吵架呢，有个老头要进来找你，曹师傅不让他进来。我跑到大门口一看，正是补鞋的大爷，他推着一辆破旧的自行车，自行车后轮两边各挂着一个大筐子，他补鞋的工具都在里面，他推着车子使劲要进门。

“大爷，你找我吗？”

“闺女我找你说点事，你跟他说说，让我进去。”

“曹师傅，您让他进来吧，他是找我的。”

曹师傅还在那里嚷嚷：“怎么能让不三不四的人随便进来呢？他是什么单位的呢？”这时候校长过来说：“曹师傅，让他进来吧，他是找漆老师的。”

大爷推着他的车子进到学校，我让他把车子放在楼下，跟我到我的宿舍。

“闺女啊，我今天找你是跟你说说，你看啊，你要走了，就不回来了，呜——”大爷在我宿舍里哭开了。门口围着我的学生还有几个老师。校长过来说，都散了吧，没啥事。把我的门关上了。

大爷开始在怀里摸索，然后掏出几个存折。“闺女，这是我存的钱，八万多块钱，你拿去，你拿去！”他使劲往我手里塞，我吃惊得目瞪口呆。

“八……万！”我的天哪，我一个月挣四十六块钱，到了八月我的工资就涨到五十六块钱了，我最近还在想以后每个月多出来的十块钱该怎么花。八万是多少啊！小时候我们连里，有个孩子的爸爸，因为偷了连里发工资和春耕用的一万三千块钱，他的爸爸就被抓走了，后来被枪毙了，连里的孩子见到那个孩子就喊他“一万三”！八万，我的天啊！

“大爷，你怎么有这么多钱？钱是哪里来的？”我使劲把存折往补鞋大爷手上推。

“闺女，别怕，钱是我挣的，我做皮鞋、补鞋子，做了四十几年啊，我没有花过钱，都存着了，是我自己的钱呢！”大爷把存折又使劲塞在我手上。

“大爷，你要干什么！”我把存折使劲摔在地上。

“闺女啊，我跟你说，我想了好久了，你要是不嫌弃我，就认我当个干爹吧，我认你当个闺女吧。你把这钱带回北京去，买个院子，找个女婿，成个家，你给我养个老，说个话，吃口热饭……”大爷蹲下捡存折，顺势就跪在地上了，摊着两只手看着我。

我的天！我又惊呆了。

我的未来过什么生活想都没有想呢，买院子过日子，而我的脑子里全都是诗呢。

“大爷，不行啊，我还不想过日子呢。”

“哪有不过日子的？我年轻那会儿就是不好好过日子才打单一辈子。要过日子啊闺女。”

“我还有父母呢，我还要养他们。”

“你拿着这些钱回去买院子，把你爹妈都接来，一起过。我能干活，有手艺，到了北京补鞋也能挣钱，你爹妈啥也不用干，咱们养着他们。”

我的天呢！

大爷又开始在怀里摸索，然后掏出两个金晃晃的东西。“闺女，戴上，戴上，”他开始拉我的胳膊，“我给你打的金镏子，戴上。”我睁了睁眼，看出那是一对金手镯。我使劲把胳膊甩开：“别拉我，我不要！把你的存折你的金、金镏子拿走！我不要！”

大爷举着两只金手镯呆呆地看着我。

“大爷，我不能认你，我回北京以后也不知道要干什么，也许我还要离开北京去大西北、去海南岛、去国外，我不知道。”说着我就哭开了。

补鞋大爷慢慢把存折捡起来，把金手镯也放回怀里了，在地上坐了一会儿，突然，他靠近我，脱了我的鞋，拿起我的脚。我吓得叫起来：“你要干吗？要干吗？”大爷从兜里掏出一个皮尺，拿着尺子量我的脚。“你干吗？”我发抖着问。大爷把我两只脚都量了，然后站起来说：“闺女，咱俩没有父女命，认不认都是命。闺女你别哭了，我回去了。”

补鞋大爷走了，皮尺一头攥在他手里，一头拖在地上。

过了两个星期，学期结束了。还有一天学校就放假了。那天早上，校长派了学校唯一的那辆吉普车，拉上我的行李送我去火车站。出了学校大门，五七路上还静悄悄的。吉普车开过百花影院，穿过百花桥的桥洞就到保定火车站了。托运了行李，我独自上了保定火车站的站台。

几个月前，在这个站台上，我曾经抱着站台的柱子伤心痛哭，看着火车载着那个也痛哭的男孩离去（从此过去了三十三年，我们天各一方，再也没有联系过）。这次离开保定，以后我再也不会到保定，再也不想路过这个站台了。

我擦了一把泪水，准备上车。

“闺女！闺女啊！”突然传来熟悉的喊声，我回头看去，补鞋的大爷在站台上奔跑。

“闺女！你怎么不说一声就走了！”补鞋大爷一把拉着我的胳膊。我怔怔地看着他，不知道他又要干什么。

“给你！”他塞给我一个布包袱。这又是什么？

“闺女，我给你做了一双皮鞋，你带回去穿吧。大爷没什么送给你了，鞋你收下吧。记着点大爷啊，有空回保定看看大爷啊。”

我抱着那双皮鞋哭成了泪人。

那是一双黑色牛皮方口扣带儿、鞋底上了明线的皮鞋，鞋跟儿是粗厚的牛筋底。鞋里面也是薄薄软软的皮子，我穿进去不大不小非常合脚。穿着这双鞋，我从保定回到北京，开始了人生新的生活。

两年后我调到中国青年杂志社做记者。有一次去府右街一个四合院采访作家刘绍棠。他跟我说，他现在这个七间房子的四合院，是一九八〇年用政府平反补偿给他的稿费和工资，花五千元买下的房子。我那时才知道，补鞋大爷要给我的八万块钱是个什么概念。

保定，我一直没有回去，每次火车路过保定停在保定站台，我都会忍不住向外张望。

原载《北京文学》2019年第1期

血脉中的回声

江子

在商业大厦的上空我猛然看到
我爷爷的面孔。我一眼
就能认出他来：一个没有童年的老人。
……他曾经为他识文断字而自豪，
但这世界上早已没有他的立足之地。

——西川《方圆数里》

一

我的祖父是一个爱读《三国演义》的人。——他熟悉《三国演义》中的每一个细节。我这么说一点也没有夸张。我不止听一个人这么说起过，我的祖父对《三国演义》一百二十回中的每一回都如数家珍。他熟悉《三国演义》里的每个重要人物的脾气、使用的兵器和与之相连的故事，就像熟悉他生活中的每一个人。他甚至能够完整地背诵出里面的许多诗句和精彩章节。

我的祖父远不是满腹经纶、动不动就对时局高谈阔论的饱学之士，也不是家中藏书万卷的书香门第的后裔。他只不过是个农民，一个略识文字的农民。因为他的父亲在故乡开了一家杂货店，家境还不算太坏，祖父年少时读过几年私塾。可是后来，祖父并没有依太祖父所愿成为吟诗作赋知书达理的白面书生，他成了一个乡村屠户，一个与时局毫无关联的乡村手艺人。

我的祖父年轻时多少还是有些过人之处。他生得膀粗腰圆，体形彪悍威武，俨然古籍里的壮士。他的力气非常人所能比，曾经与人打赌，搬起祠堂里约三百斤重的铁钟围着天井迈步；又用牙齿咬过一大箩筐黄豆当当当上楼。他甚至徒手打死过蟒蛇，其场面至今都让人感佩不已。他还懂得一些拳脚，喜欢与故乡方圆十里八乡的许多江湖人士切磋武艺。再加上他重情义，讲义气，便与许多人都成了拜把子的兄弟，甚至离故乡百里的吉安府都有他的金兰之交。可是他的脾气并不是太好。他一不顺心就会暴跳如雷，有谁得罪他了，他会提着剔骨尖刀把人追得抱头鼠窜，让二十世纪三十年代初的故乡鸡飞狗跳。而他高兴的时候，他豪爽的无遮无拦的笑声响遏行云，五里犹闻。

我的祖父天生是个军人坯子。我想如果祖父参了军，他会成为一个许世友式的英雄也说不定。祖父成长的年代，正是乱世，军阀混战，中原大地狼烟四起。毛泽东率领秋收起义队伍浴血罗霄，然后是抗日战争和解放战争，然后是中华人民共和国宣告成立……

故乡所属的吉水，亦是一块烈士喷血的战场。位于赣江以东的离故乡百余里的水南镇，正是以毛泽东麾下大将黄公略命名的公略县治所在地。毛泽东撰文赞赏的、与方志敏式的根据地齐名的李文林根据地的创建者李文林，就是吉水人氏。而跟随毛泽东马上夺天下者，更是数以万计，后来成为共和国少将的吉水人，就有十多个。

乱世从军，正是热血男儿建功立业的坦途。狼烟四起，正召唤天下英雄中原饮血华山论剑。英雄不问出处，壮士起于草莽，虽战死疆场又有何哉！脑袋掉了碗大的疤，二十年后又是一条好汉。

祖父没有做一名军人是因为命运。他曾经两次磨刀霍霍要投奔军营。第一次，他走到红军正在招兵买马的镇上，并且真的穿了几天军服，可还没有走上战场，身体一直像牛一般壮实的祖父竟然莫名其妙地生了一场大病，他不得已被部队遣送回了故乡。第二次，祖父与村里的一帮壮实男子走了几十里路去投奔红军，可正遇上军营已按计划招满了人，暂时又没有足够的粮草养活更多的人，花光了盘缠的祖父和乡亲无奈只好返回故乡。

祖父没有像古籍里写的那样遇贵人相助，被能够左右历史的人慧眼相识。他多少有些时运不济。祖父后来再没有行伍参军的打算。当然其中的玄机不甚了了。也许是与太祖父从中作梗，要留下祖父为他延续香火有关，也许两次投军失败以后，祖父自认为自己天生没有行伍的命，便含恨绝了念头。

从此，娶妻生子，种地杀猪，直到终老。这是命运的着意安排，祖父焉能不从？

二

大约在20世纪三十年代中期行伍参军的梦想破灭以后，我的祖父托人到吉安府购买了一套《三国演义》。他花了三块半银圆。这对一个乡村屠户来说，可以算得上是一笔不菲的开支。至今依然活着的祖母每说到这事就愤愤然：“这老棺材！”——他花上三块半银圆买下的，为什么不是《水浒传》《红楼梦》或者别的什么？其中隐含了祖父怎样的趣味和机缘？

……遥想上世纪三四十年代，一盏昏黄的煤油灯下，我年轻的祖父劳作之余，床上振衣坐起，拿起其中的一卷，小心打开昨夜折叠的地方，又开始了对《三国演义》的阅读。满纸的烽烟四起，而深夜展读的祖父如坐拥江山的君王，所有的文字都化为英雄和美人，城池和兵马，刀枪剑戟和时运玄机：关云长青龙偃月刀，温酒斩华雄；张翼德大闹当阳桥，一吼乱曹营；曹孟德横槊赋诗，文韬武略；赵子龙单骑救主，义薄云天；周公瑾浔阳点将，英姿勃发；诸葛亮羽扇轻摇，江山渐改颜色。城池霎时易主，主公危在旦夕。上天助我草船借箭，锦囊妙计又解重围。屋内半夜沁凉，而纸上正与马超厮杀的许褚裸露的背上热气腾腾。窗外雨声潺潺，而书中喊杀声震天。眼前突然一道锃亮的寒光，不是春天穿过窗台的闪电，是一千多年前月夜某条神秘小径上大刀的折光。天下合久必分，分久必合……欲知后事如何，请听下回分解……身边的祖母在睡梦中发出了一声不满的嘟囔声，而祖父用手沾了点儿口水，把书翻到了又一页。窗外天色微明，而祖父依然沉浸于掌上的春秋，毫无睡意……

在上世纪三四十年代几欲颓败的中国乡村，故乡的一幢老宅子里，祖父享受着浩大的精神盛宴，与千年前的英雄风云际会。这个满怀凌云壮志却时运不济的年轻农民，他现实中未竟的梦想在《三国演义》中得以一一实现。他时而是守城的悲剧将领，时而是攻城的慷慨壮士，时而是老谋深算的帐中谋臣，正为将自己慧眼相识于草莽之间的主公制定国策大计，时而又是两军交战中的使臣，在他人帐下巧舌如簧……同样是乡村屠户，同样有一身好力气和火暴脾气，祖父仿佛是未发达时的张飞，依然在干着剥牛杀猪的营生，而张飞正替代着祖父，在蜀军帐下听令，率领十万将士浩浩荡荡走在行军的路上……故乡老宅子里磨得锃亮的屠刀，正适合挑战阵前叫嚣的对手，而稻田里开始变黄的稻子，正可以用作秋后三军将士的粮草……

一套《三国演义》，在祖父的年轻时代，是可以浇胸中块垒的烈酒，是冬天里的暖阳，是炎热夏季里的穿堂凉风，是对应于平庸现实的壮阔梦境。凭着一套《三国演义》，祖父的凡常生活变得无比生动了起来。我仿佛看见灯光下祖父嘴角毫不自知的笑意，他满是血丝的眼睛变得无比光亮……

而现实中命运对祖父的捉弄远没有结束。二十世纪五十年代，一场灾难降临在我们整个家族头上：我的故乡是一个八姓杂居的村庄，各姓之间的争斗此时借助政治的烽火到了白热化的程度。曾姓在斗争中处于劣势，太祖父因此被故乡定为“地主”。太祖父不多久就气绝身亡。而到了六十年代“文化大革命”爆发，我们整个家族才知道这顶帽子到底有多重。

我的祖父被五花大绑，跪倒在全村人的面前。带刺的篾片，一次又一次抽打在他被剥光了衣服的脊背上。他宽阔的脊背，顿时血肉模糊。邻里乡亲组成的人民的振臂高呼声震天，而祖父一言不发。人们突然发现，当年那个提着刀把人追得抱头鼠窜的血性汉子，那个提着三百斤重的铁钟或者咬着一大箩筐黄豆上楼，在众人的注目中得意非凡的角色，瞬间变成了一个打不还手骂不还口的可怜虫。

他的亲兄弟——我的大祖父由于不堪忍受折磨上吊自杀，他没有流一滴泪水。人们骂他“封建”——所谓“封建”，不是指他的思想多么陈旧保守，而是“封建霸头”的简称——我的祖父低头认罪，对所有人的辱骂都逆来顺受，哪怕对三岁的孩子都笑脸相迎。

祖父知道他不能死。他残忍地活着，就是为了让由他衍生的整个家族免去倾巢覆卵之灾。

而此时，唯一能给祖父带来安慰的，恐怕就是他年轻时候日日阅读的《三国演义》了。听祖母讲起，他有时整夜整夜地阅读《三国演义》。

风吹动着眼前的煤油灯。灯光危险摇荡。床前祖父的阴影沉重如山。他被鞭挞过的脊背隐隐作痛。他把头再一次投进《三国演义》的纸页中。——他是否把自己当作三国中的黄盖，认为所有的鞭挞只是上苍对他实施苦肉计？或者自己就是正被刮骨疗伤的关羽，疼痛过后所有的伤口都会愈合？他是否认为苦难一定会过去，就像《三国演义》所揭示的，世界合久必分，分久必合？

而祖父在“文革”中读《三国演义》的感受，从没有向任何人说起过。在祖母的描述中，祖父一直沉默寡言。除了知道他在苦熬，没有人知道他心里在想什么。

——他会想些什么呢？

三

我的祖父终于在1970年末把全家带到了安全地带。然后他迅速走向了衰老。经过了“文革”前后长达十年的忍气吞声，他晚年的脾气变本加厉。他骂他的也已成家立业的儿女们，丝毫不顾及他们做了大人的脸面，有时甚至到了在饭桌上摔碗的程度。他动不动就对祖母吹胡子瞪眼睛，经常提了锅灶瓢盆一个人单过，把自己搞得满脸锅灰手忙脚乱狼狈不堪才肯罢休。他的意识里似乎总有一个远比他强大的对手，他想打败他，而他根本看不见对手到底在哪里。他的焦躁和暴烈即由此而来。

但祖父疼我。他面对我时的眼神里总是充满了他难得的慈爱。他把亲戚来看他时带来的饼干、糖果一股脑儿给我吃。他让我陪他睡觉，他身上的那种乡村老人才有的烟火气息让我至今依稀可闻。我挨了父母的揍，他闻讯后会急急赶来，大声斥骂我的父母，然后满巷子寻找天知道躲到哪里去了的我——他在巷子里回荡的唤喊声充满了焦虑和牵挂。他还给我讲《三国演义》:“只见张飞倒竖虎须，圆睁环眼，手持蛇矛，立马于桥上，厉声大喝：‘我乃燕人张翼德也，谁敢与我决一死战！’声如巨雷……”“欲知后事如何，且听下回分解。”一个平常的夜晚在祖父拿腔拿调的声音中陡然变得充满悬念，意味深长。黑夜之中，听着祖父的鼾声，我睁大着眼睛，对遥远的历史，充满了向往。他还教我背诵《希世贤文》，指望我从中学会些做人的道理。他教我练习拳脚，希望我能借此强身健体。他中风后给我做示范动作时几欲摔倒的样子让我至今想起就忍不住要笑出泪来。

可我小时候是一个简直无恶不作的孩子。我打架，偷窃，装神弄鬼，刁钻狠毒。我曾经把一个与我打架的同学胸前的圆珠笔拔出毫不犹豫地插进了他的太阳穴。我还对一个长辈破口大骂，咬牙切齿地扬言要杀了她。我曾经把父母仅有的十块钱偷来全部买了糖果，父亲发现后把我吊起在楼梯上用牛绳将我抽得半死。我还经常在晚上躲在黑暗处吓我的伯母大婶们，有几次把她们吓得魂飞魄散，呼吸不匀。我干了坏事会经常整夜整夜地不回家，邻居家的猪圈就是我最好的避难所。我还有点好逸恶劳的德行，为了逃避劳动我会躲在自己家的楼上。我像只过冬的老鼠在楼板上的稻草堆里蓄满了可以吃的东西。如果“有难”，我就会偷偷溜到楼上，心满意足地过着自认为丰衣足食的日子。

几乎所有的人都讨厌我。我的班主任经常让我跪在华主席的像前。我去老师办公室交作业，我的数学老师会打开抽屉告诉我，他的办公室里不会放钱。全校老师把我当作反面教材对同学们进行说教。我整天不落屋，父母从来不会找我。有一次我的父亲盛怒之下伤心欲绝地说，生了我这样的儿子不如绝种。

为什么我会变成这样一名不良少年？我的故乡是一个资源短缺、弱肉强食的地方。由祖父祖母衍生的家族这时候已经膨胀成了几十口人。我的父母天性懦弱，成天受村子和家族的人揶揄，甚至欺负。由于从小见多了亲人之间的倾轧和故乡人性之中的恶，我内心与生俱来的温和逐渐散失。我变得好斗，叛逆，歹毒，没心没肺和薄情寡义。

只有祖父疼我。——我不知道祖父对我是出于人性中共有的舐犊之情，因为我是他的长孙，是他百年之后要端着他的祖先牌位护送他上山的人；还是祖父从我身上看到了他小时候的影子，好斗叛逆的我正是他少年时代的翻版？或许，不管我多么顽劣，可依然是我的整个家族历经种种磨难后看到的一个希望？

可我对祖父对我的好并不领情。

为了经常可以吃到亲友们买来探望生病的祖父的食品，我竟希望祖父永远病下去。

因为怨恨他没有及时喊醒我看村里后半夜放的电影，我暴跳如雷，号啕大哭，破口大骂。我竟然骂他“封建”！我记得他当时有点尴尬，可他并没有发作，反而像个做错了事的孩子。

他中了风的那个晚上，躺在床上口齿不清，亲友们围在他的床前，我不仅没有表示应有的难过，反而在听到他把刚进门的大姑父的名字“茂香”喊成“茂德”时，我还嘿嘿嘿地笑出声来。

他快要死的时候，我竟然在他还没有咽气的空隙，快步跑到村里的晒场，向正等在那里的人发布关于祖父的消息。我对他们眉飞色舞地说，快了快了。我说最多半小时，祖父就会死。他现在吸进去的气比呼出来的少。我还煞有介事地打了个比方，我说，比如他现在呼出来的是六口气，吸进去的就只有五口了。等到他呼出最后一口气时，他差不多就死了。

……

至今想起来，我是多么少不更事啊！

四

祖父死于1982年农历七月初五。那一天他理了个发。刚才他还和比他年轻得多的理发师谈笑风生，说古道今，可随着理发师收拾好工具离开家门，祖父突然就不行了。他的发须平整洁净，而他的身子软得就像一摊烂泥，即使在场的我、堂哥和四叔三人奋力把他架起，也是无法站立。他瞳孔里的光像水波一样急速散去。他一躺在床上就迅速陷入了临死的昏迷。一个时辰之后他呼出了他在人世间的最后一口浊气。他死了，死前没有任何挣扎的痕迹。

净身，更衣、入殓……祖父脱下了他平日那身十分老旧的黑粗布衣衫，头戴礼帽，身穿一身崭新黑亮的对襟寿衣，样子就像是一名有头有脸的旧式乡绅，正陷入赴会前的闭目养神。他的与身份不合的装扮多少让不懂事的我觉得有几分滑稽。而他的表情安详沉静，满是皱纹的脸上既没有终于脱离苦海的欣喜，也没有被迫与亲人永别的悲伤和无奈，更没有一生壮志未酬的不甘。这个脾气暴烈不肯服输的男人，临死前终于露出了他难得的好脾气——他向死神悉数投降，双手握在胸前束手就擒。他死的时候六十九岁。

时光荏苒。今年我三十六岁了。我没有如家人所担心的那样，成为一个盗贼、罪犯或者泼皮。正好相反，我成了一个好人，一个正直、善良的人，一个懂得敬畏的人，一个内心充满暖意的人。我重情义，讲义气，喜欢广交朋友，颇有些祖父遗风。而忆起童年，我是何等的羞愧难当和懊恼！我知道，是祖父对我的疼爱重新复活我内心的种子。——他当年种在我心里的那颗叫爱的种子，至今已经成材，摇荡着温暖日光。可以这么说，祖父的疼爱，对我无异于拯救。

我想念我的祖父了。我想他对我的好，想他身上乡村老汉特有的烟火气息。我有很多的问题想问祖父。我想问他为什么叫少年的我读《希世贤文》、练武术，他究竟希望我成为怎样的一个人？我至今成了一个以写作为生的人，是否已让他满意？如果当初我不是年少无知，他还有多少秘密会向我倾诉？会有多少道和术要向我传授？

也许是受了祖父的影响，我也成了一个爱读《三国演义》的人。我以为，一部《三国演义》，既有张飞大闹当阳桥关云长温酒斩华雄的英勇，亦有吕布爱貂蝉式的英雄和美人之间令人唇齿生香的爱情；既有国与国之间的相互倾轧争斗，也有英雄与英雄之间肝胆相照的生死友谊。国家与个人，阴谋与智慧，生与死恩与仇爱与恨，令人奇妙地整合在这一百二十回构成的奇书之中。它不仅关乎政治、经济、文化、军事，甚至气象、医术、宗教等也无所不包。它不仅是中国古代三国时期群雄逐鹿的艺术再现，更有对中国历史规律的生动揭示。

今天，当我捧读《三国演义》颇有体会的时候，我想面对面地与祖父交流彼此的阅读感受。我不知道祖父对《三国演义》中的哪个人最为喜欢，是张飞吗？祖父与张飞有太多的相似：他们一同生于草莽，一同身陷乱世之中，一样是屠户，还一样有一身好力气，性子都急躁。当然也许是那个赤膊与马超厮杀的许褚。祖父也喜欢舞刀弄枪，如此与对手快意比试武功，定也是祖父最为向往的了。关云长、赵子龙义薄云天，一生重情义、讲义气的祖父把他们当作立世楷模也说不定。还有，祖父年轻时读《三国演义》，与他在饱受屈辱和鞭挞的知天命之年的赏读，心境上有哪些不同？一部《三国演义》，让他从中学会了什么？他的为人处世（他一生从未有负于人），与《三国演义》又有何关？

我想祖孙二人在故乡的阳光下对谈《三国演义》，一定是一件非常有意思的事情。可是，祖父已经不在了，永远地不在了。

至今祖父死去已经20多年了。在我的故乡——江西吉水赣江边的一个叫下陇洲的村子，祖父曾经生活过的痕迹已经基本上消失殆尽：

他曾经被叫了60多年的名字已经鲜有人念起。

他的后代已经住进了崭新的楼房里，他曾经居住过、点着煤油灯夜读《三国演义》的老屋已经颓圮。

与他同辈至今活着的老人们也都差不多要忘记他，每每说起他来总是含糊其词，模棱两可。他的形象甚至在仍然活着的年近九十的祖母的记忆里也是支离破碎，每当我向祖母打听那些与祖父有关的陈年旧事时，祖母总是嘟嘟囔囔，口齿不清，仿佛她的那座叫作记忆的园子已经荒芜一片。

经过时间的改头换面，我的兄弟们已经没有一个人长得像他，当然也没有一个有着像他一样的坏脾气。

即使是在我——曾经得到过他最多的疼爱的他的长孙的记忆里，他的模样也已经有了几分模糊。我不记得他在世时是否爱饮酒，疲乏的时候是否会抽上两口烟，他高兴的时候是一副什么样子，悲伤的时候又是怎样。

他的遗像（根据他在世时唯一的照片所绘）就摆在我老家房子里的香案上——他头戴礼帽，目光阴郁锐利，仿佛是传说中兵败受缚的义军首领。每次过年回老家，我都要盯着他看了一遍又一遍。我的眼前总是一阵恍惚：这个人是否真的活过？他曾经有过怎样的爱好和趣味？他还有多少事情不为我所知？

——时间无情，当我们回首，它的怀抱中，总是飘荡着亡灵的身影。人世如废墟荒凉，当我们置身其中喊上一声，远方传来的，只是空荡荡的回声！

《三国演义》卷首那首《临江仙》宛如一声遥远的喟叹：

滚滚长江东逝水，浪花淘尽英雄。是非成败转头空，青山依旧在，几度夕阳红。

白发渔樵江渚上，惯看秋月春风。一壶浊酒喜相逢，古今多少事，都付笑谈中。

五

我只有把对祖父的怀念，寄寓在《三国演义》之中。每当捧读《三国演义》，我知道，我所阅读的，不仅仅是千年前的英雄传奇，也是我祖父的苍凉一生。

而那套几乎陪伴了祖父终生的《三国演义》，至今已经残缺不全了，就像祖父整个的人生，已经不复完整。

祖父去世前一年念叨得最多的就是曾经花了他三个半银圆买下的《三国演义》。他多次痛恨自己的轻率，把它借给了邻村一个并无多少诚信的人。祖父借给他的时候，还多少留了个心眼，留下了六卷，原本是做好分两次出借的意思。但那个人一直没有还给祖父。并且，自从把《三国演义》借走了之后，这个人再也没有在祖父眼前出现过。也许那个借书的人压根就忘了他还书的承诺。对他来说，不过几本破书而已，还不还算不得多大的事儿。是啊，在上世纪八十年代初的乡村，哪里再找得到像祖父那样热爱《三国演义》的人呢？

祖父只有日日催促我的父亲和叔叔，要他们去向那个借书的人索回。可是我的父辈们早已厌烦了这个老头的啰唆和暴躁。对他们来说，他们已经受够了。他们压根没有按照祖父的意思去做过。也许他们成心不想让祖父得逞。而在中风之后，祖父无力的双腿再也迈不出自己家的门槛了。

祖父死的时候没有留下任何遗嘱。他死去多年后，祖母偶尔梦见他，也是彼此间形同陌路。我想他早已经厌烦了这个世界。他已经完成了他一生的使命。而对他年轻时买下的《三国演义》的牵挂，可能就是他最后的心愿了。

几年前，我在老家的柜子里翻到了那剩下的六本《三国演义》。那是极老的版本，全图绣像竖版繁体印刷，每个页码都标有“大上海书局藏版”字样。金圣叹眉批，茂苑毛宗岗序始氏评。每一本经过时间的浸淫濡染都成了酱色，许多页码破损程度不一。一些页码还保留了祖父当年的折痕。揭开有簌簌的脆响。

我双手捧着这六本《三国演义》，就像捧着一件圣器，一件传世的珍宝。

我知道，那是祖父曾经日日诵读的经书，也应该是我们在磨砺中分蘖的整个家族的见证。它珍藏了祖父的呼吸与心跳，脾性与温度，人格与信念，遗恨屈辱和离合悲欢。如果我相信人的精神不死，那祖父的英灵，就常驻在这《三国演义》之中。

曾经几次差点梦见祖父。我看到了他的背影，他头戴礼帽，手持文明棍，身体依然魁梧彪悍，正向前疾步行走，正是我少年见到的模样。我在梦里拼命喊他，也许是梦里的风太大，他总不肯转身，不让我一睹他往日的容貌。我的喊叫声越发凌厉，仿佛裂帛，可祖父越走越远，转瞬不见。在梦里我绝望地哭了。醒来，满脸全是泪水。半夜里我索性披衣坐起，任凭泪水在黑暗中横流。

今夜，我又想起我的祖父了。我小心翼翼郑重其事地翻开六本残本《三国演义》，以此感应祖父的魂魄，在字里行间寻找他辗转的轨迹——

祖父。我轻轻地唤了一声。我顿时听见了我的血脉中传来巨大的回应声。

原载《北京文学》2009年第2期

盛夏之妖

池莉

武汉这个城市，最好是从空中接近它。武汉的地理位置最优越的一点，在我看来，正是因为它在中国的中部。所以，无论你从世界的哪个方向飞来，在此之前，你肯定已经厌倦或者说熟视无睹了这样一些地面景色：连绵的山川，连绵的沙漠，连绵黄土，连绵的大海，连绵的平原，连绵的现代化棚式厂房与连绵的高楼大厦。好了。武汉到了。土地开始波浪一般起伏，植被的绿色在光照之下深浅不一，错落有致。道路从空中看上去不是道路，是丝带，丝带委婉舒展，好似被微风轻吹而成，原来它们是因水而委婉。在绿色的土地和委婉的道路之间，全部都是水。大大小小的湖泊，长长短短的河流，安安静静的水——在天空的视线里，雄浑的长江也是安静的。再近一点，水面闪光了，绿色植被具体到大树或者芦苇了。再近一点，看见湖畔的老牛和远处不太显眼的楼群了。这是一个得天独厚的绝不呆板绝不枯燥的城市，一个视觉感受很美丽的城市，一个颇有童话意境的城市，一个还没有能力变成暴发户的城市。不过，不要忘记了我的前提，我说的是从空中接近。我有点抽象。抽象与距离产生美感，这对于我与我生活的城市之间，是一条非常重要的审美原则。当我从空中接近又还没有降落之前，武汉是世界上最美好的城市。

武汉的季节，是又一个奇迹。我以前的文字，对于武汉的气候，似乎都带了一些憎恶，曾经说这是一个水深火热的城市。但是，人的感觉是非常复杂的。憎恶与喜爱，会随着人的经历而此消彼长。人渐渐地有了年岁，走的地方渐渐地多起来，看的事物也渐渐多了起来，比较也就自然地多了起来，这个时候，方才知道自己真正的喜欢与憎恶是什么。武汉最著名的，大约是夏天的热。是的，武汉的夏天的确是非常炎热。热得没有道理，没有规律，非常任性，又不屈不挠，热得跟妖精一样。以前一到夏天，我就会选择一个北方或者海边的笔会去避暑。近年来，我不特意寻求避暑了。因为其实，哪里的夏天都热，海边还咸，整日里，皮肤上沾满黏糊糊的盐，让人很不清爽。如果到完全不热的地方，又不像夏天，过久了日子便很失落，好像被小偷窃走了人生的一个季节。那么就待在武汉的夏天里吧。待在武汉的夏天里，该流多少汗就流多少汗，也是一种痛快。单凭一支雪糕就可以生出对生活的感恩之情，我觉得这一点尤其好。人是要知道好歹的。知道好歹首先就要懂得什么是感恩之情。感恩之情是别人教不会的，全靠生活本身给予。武汉的盛夏真是有点妖精，正因为有了它，其他的季节就分外鲜明了。一立秋，后半夜就凉了，虫鸣就细了，桂花就香了。冬天就格外寒冷了。春节也就可以围炉喝酒了。白雪之后的春天也就来得格外喜人了。春往秋来，寒暑易节，四季鲜明，感受不仅总是强烈的，还总是常新的，这对于喜新厌旧的我辈之人，就很有一点诱人了。

我与武汉，其实没有更具体更深入的交往。我的朋友中武汉土著也非常稀少。全国人民传说的关于武汉的各种人文特点，都似是而非，我从来不往心里去。我觉得全中国的城市都一样，几十年来，一种教育，一种制度，一种口径，大家关键的优点和缺点都差不多。哪里都有小市民和自以为是大市民的小市民，都习惯欺生，都恃强凌弱，说搞经济都搞经济，说建广场都建广场。一个人无论生活在哪个城市，都不会完全满意和完全不满意。我的小说，只写自己塑造虚构的个人形象。种种感受和描述，也许是从天空中得来，也许是从季节中得来，也许从非常遥远的记忆中得来。比如我的短篇小说《金盏菊与兰花指》，几乎是从睡梦中得来。至于小说中出现的地理背景，有许多时候，仅仅是一个载体而已。如果仅仅就小说载体而言，我以为武汉是最单纯的城市了。它没有北京那么政治，那么先锋，那么霸道；也没有上海那么时尚，那么经济，那么自恋。更不像江南那一片土地，千百年积淀下来的江南文化，阴魂不散，谁走了进去，出来的都还是那副绵软的腔调，我们辛辛苦苦，挣扎出一些文字来，却还是倚靠着江南文化在撒娇。武汉这个地方有趣，其实传统文化也是有的，高山流水今还在，黄鹤楼也是稳稳矗立在那儿，但是这地方特别容易忘记过去。这地方江湖，清淡，散漫，任性，千人千面，萝卜白菜，各有所爱。是一个写小说的好地方。

在武汉写小说，可以不写武汉的小说。我的这篇小说，在武汉写成，主角却是一个四岁的小姑娘。无数次对于孩子的注视，无数次羞煞了我的成年人的流俗、懒惰与丑陋——我指精神上的流俗、懒惰与丑陋。生命之美，被孩子们创造与挖掘着，细腻、精密与顽强，十分动人。我会长久长久地注视孩子。我时常梦见一个小姑娘偷摘鲜花的过程。她用偷摘的行为为自己制造幸福的感觉。我觉得我受到了极大的震撼。而我的震撼，迟早都是会用小说表达出来的。因此，我写了一个四岁的小姑娘，可它绝对不是儿童文学。就我自己的感受来说，这是一篇美丽的小说，当我感觉它是一篇美丽小说的时候，我就想把它作为一个礼物，纪念一个值得纪念的日子或者岁月。

我在秋天的风雨中写，在我生活的城市中写，没有人进入我的城市，我很自由。当我写完了这篇我喜爱的小说，走到户外，我就再一次喜爱了我居住的环境。让我想想，我想与我这个城市的关系，酷似狗与狗窝的关系。这是一个老窝了，多年来，我在这窝里拨拉，嗅嗅，转圈，睡觉，做梦和哭泣。我习惯了。我与它气场匀和了。光凭气息和声音，我就知道自己不是陌生人，于是就安心了。

不过，谁又不心存流浪的幻想呢？明天我就启程去远方了。

2003年10月11日夜

原载《北京文学》2003年第12期

纽约四重奏

王安忆

一、纽约的冬和春

纽约的冬天十分漫长，到三、四月，依然寒冷，偶一二日转暖的间隙里，樱花却适时绽出花朵。这樱花不是成片和成行，而是街头一株、街脚一株，兀自开放。气温瞬息下降，照理要颓败了，可是它不，花季即已开始，就不可中途废弃，必要坚持到底。在萧瑟的冬景里，就这么透露出春期的信息。因要经受严寒的考验——纽约的冷可不是闹着玩的，冻得你哭，所以，那樱花就很茁壮，事实上，离樱花的本意相当远了。亚洲的樱花，常有“婆娑”之状，类似纱和绢的材质。有一年初春，韩国仁川的夜里，走在山路，漫坡的樱花，仿佛遍地起雾，一眨眼工夫，开始落英，飘飘摇摇，带一点星光，扑朔迷离，真好比人在绮梦。纽约的樱花则是确凿的现实，颜色也要肯定得多，意志是坚定的。在日本，樱花也象征着意志，通常用来喻作武士精神，但是指败势——全盛时一谢而尽，义无反顾。在纽约，樱花是败在枝头的，焦枯的一骨朵一骨朵，有股子蛮劲，所以，意志是在花开，有点原始人的性格。寄居的公寓楼下，有一个“日本花园”，在城市花园评比中得过名次。为什么叫“日本花园”，可能是园中草木来自日本。我不识植物，就也看不出来，只觉得这一方园地经过修剪，呈现出人工的刻意。而纽约的裸土，多是野蛮生长，肥沃的地力从水泥钢铁的接缝里，蹿出来，养息着杂树杂花。

据称，这一年是少雪的冬天，但也有过几次雪飘，其中最大的一场，亦相当可观。事先通知停止路面车辆交通，于是，一眼望去，就成白色旷野，一座座雪堡即是楼房。日间没有出门，暖气烧得起燥，只见一排排白色鸟雀，从窗前垂直坠落，是被降雪压下去，还是辨不出方向，将地上当天空，来个倒栽葱。风扫着雪粒，呼啦啦往这边来，又呼啦啦往那边去。看不见人。楼下的空地，原本是幼儿园的游乐场，每日里，以罩衫颜色为组别的小孩子，七八人一队，八九人一队，由各自老师带领玩耍，我们称之“红衫军”“绿衫军”“蓝衫军”等等。其时，各路军销声匿迹，滑梯、秋千、跷跷板、小车、木马，都埋在雪里，看起来很是寂寥，就像回到宇宙洪荒。

晚上，赴朋友生日宴。铲雪车推出的干道，即刻被新雪覆盖，再推开，再覆盖，到底留下一条浅路，供出门人行走。出乎意料的是，脚下极其松软，这大约就是“干雪”了。所以就不打滑，只是走不快，缓缓陷进去，缓缓拔出来，时间和力气都耗去一些。气温应该是低的，可是并不觉得，风吹来，雪粒一板子刮在脸上，不是凉，而是疼痛。想起古人的咏雪诗：“燕山雪花大如席”，一直讨论是指整体，还是单独，现在以为应在前者，就是雪阵，扑地而来。推进餐馆的门，即刻人声灌耳。前台是等座的人，趋进是寄存衣服的队伍，餐桌挤得不能再挤，服务生忙得不能再忙。街上的人都会集在这里了，身上的寒气和雪片，在暖热中化水，烛光变得湿漉漉的，呼吸也是湿漉漉的。因纽特人的冬天大概就是这样，在帐篷火堆旁，剖开马哈鱼，剥下一张完整的皮，然后，鱼肉割成一绺一绺，烤在火上，吱吱地响，故事篓子就打开了。此时此刻，所有的人都在说话和大笑，极尽全部注意和听力，方得只言片语入耳。要是有故事，也都成零碎了。客人还在涌入，订餐的电话一径地响，于是，一径加座，门厅里、遮风的皮帘子底下，都安了餐桌。

一顿饭的时间，雪又下猛了，铲雪车轧过的痕迹一点看不出来，凭依稀的印象，以及建筑物的参照，在齐膝的雪里，犁地般地蹚路。为保持平衡伸开手臂，扶到的是雪墙。真也不觉得冷，就是睁不开眼，雪粒子封住了，立定等它过去，人就种在了雪里。有一段路是在酒店的廊檐下走，灯光里立着门卫，往路上撒盐，雪就退下了，走过去，又是雪路。这一条路是从华盛顿广场穿行，走一截，回头看，白色平原上耸立白色的小凯旋门，像生日蛋糕上的奶油，有歌声和叫声，仿佛在很远的地方，降雪改变了声线，视线也有所改变。曼哈顿的海拔似乎抬高了，与天空接得很近。人呢，变得很小，爬在雪沟里，盲目地挪步子。

第二天，是个大晴天，太阳高照，尖利的阳光穿透大气层，却穿不透积雪，还是要靠人力。百老汇大街上，商铺门前，店员们都在奋力铲雪，堆到路边。汽车轮胎，大踏步的靴子底，将余下的残雪碾碎，纽约人的脚步特别有力，人行道的钢板哐哐作响，污水横流下，露出金属的表面。纽约一定是钢铁生产的年代里建成，墙的立面是钢铁，露天的防火梯是钢铁，桥梁的钢架，铸铁的门窗，城市的钢铁的回音壁，反射出铿锵之音。气温还是在零度以下，雪就变成一种固体，倒也不是冰，依然保持松软的质地，需要多个升温的日子，才能化成液体，挥发干净。

真正的寒冷在二十天以后来临，官方气象部门报告零下十六度，学校给员工信箱发出预警，称之“危及生命”之寒潮。恰是周末，红绿衫军们未到校，楼下的乐园空寂着。路上行人极少，凡在外必须疾走，略一停顿便血流凝固。无风尚可坚持，一旦有风，顿时站立不稳，周身麻木，意识都开始模糊，对环境失去判断。而曼哈顿岛地势平坦，楼宇纵横排列，于是四面来风，人称“穿堂风”。幸而店铺照常营业，受不了时，便一头扎进门内。没有顾客，店员显然知道来意，善解地静立一旁。就这样，一忽儿进，一忽儿出，将路程走完。不知不觉中，满脸是泪，还有皮帽上蒸化的水珠子。太阳出奇地明亮，很可能是因为空气透彻，不像亚洲，长年处在氤氲中。曾在什么地方看到日本美术史学者千叶成夫说过一句话，大致意思是空气的湿度决定绘画的性质。我想，不仅绘画，还有音乐、文学、思想，大约也受此规范呢！我们生活在湿度较高的环境里，中医有一个基础性概念，就是“湿”。而纽约，湿度很低，日光取直而下。

之后，进到三月，街角的樱花已有几株吐蕊，月末的时候，又有一次严寒。虽不至于通告预警“危及生命”，但因具体所在位置，感受甚至有过之而无不及。这一日，纽约的张北海携我们往修道院博物馆。张北海是老纽约，1983年尾，我随母亲和吴祖光先生从艾奥瓦“国际写作计划”出发，旅行全美，来到纽约，就住在他位于百老汇街东头的家里。那时，他还在联合国工作，专门请假带领我们游览。退休之后，他独自一人遍走纽约，作田野调查。因文艺人的眼光——不是吗？他本名就叫“张文艺”，他看到的纽约与旅游指南不同，也和正史记载不同，而是别开生面、独创路数。这一回来，我们的公寓竟与他家相邻，十分钟的步行路程。事实上，居住纽约，也是多年来他一直怂恿的，来到不久，便向他报到了。他引去苏荷区一家老店，当年劳工们在此餐饮打尖，如今保持工业时代旧貌，座上客已换作时尚消费一族。先喝上一杯，然后制订计划，一半自助，另半由他亲领，即可粗疏覆盖曼哈顿。这个春寒料峭的下午，张北海率我们出行，就是其中一项。

去时尚不觉得，地铁往上城方向，经过哈林区，到一百九十街下。午时的寒意比较含蓄，走在哈德孙河边的坡路，草木都已泛青，临高远看河面，金水流淌，就有暖色。参观完毕，走出博物馆大门，情形就不太对了，少顷，周身冰凉，站立不定。从哈德孙河上过来的风，在坡地回旋，多少消耗些能量，一时还可坚持，温度却已降到零度以下。好不容易等到巴士，上得车去。车厢里的温暖简直让人动容，眼睛湿湿的，可是，寻访的项目没完呢！下一节是看李鸿章栽的树。在一百二十条街下车，天色大变，日头收起了，风一股一股袭来，前后夹击，越往河边——李鸿章的树就在那里——风越凛冽，气温降得更低。张北海走在风里，衣着单薄，却毫无瑟缩之意，周遭环境对他没有任何影响，而我们一个个东倒西歪，脚步踉跄，泪眼迷离中，只看得见他的背影。就像德国作家派屈克·徐四金的小说《夏先生的故事》，他就是那个夏先生，往前走，往前走，“不论是下雪、降冰雹、刮暴风、大雨倾盆、阳光炽热如火、狂风来袭”一直一直往前走，最终走进湖水。哈德孙河复又亮起，闪闪发光，是一种兵器的光芒，风就从那里来。到了李鸿章的树跟前，所有的草木都在大幅度摇摆，很奇怪的，听不见风声，万物移动。更加离奇的是，李鸿章的树，被铁栅栏围起的一小圈地上，不是一棵，而是两棵。关于李鸿章栽树的由来，旅游手册和中美关系史上都有记载，在我们最切身的经验就是，大风天，以及大风施向人间的魔法：一棵树变成两棵树，还有，张北海变成夏先生。

当日项目最后一个内容，到导演李安经常光顾的中国餐馆“五粮液”吃晚饭。大风继续作祟，推进门去，不是“五粮液”，而是“山王”，应该算作第三个魔法。

那几个惊世骇俗的寒冷日子，异峰突起在漫长的冬天里，否则，日子就会显得平淡，现在，有了高潮和跌宕。正当你以为冬季永远结束不了的时候，春天突然来临。就仿佛在一瞬间，路上满满的人，餐桌餐椅从门里蔓延到门外，铺满街面。这些桌椅，叠架在墙脚，铁链子拴着，铁锁扣着，结着霜，盖着雪，几乎要长在一起。现在，被晒得滚烫，坐满了人。坐不到的，就站着，挤成一堆。人们都穿了单衣，在羊毛、羽绒、皮革里焐了一冬的身体——听起来就像原始人，此时来不及地裸出来，接触空气和太阳，顿时镀上一层釉。被寒冷压缩收紧，结成饼状的物质，这时候蓬松开纤维，拉出丝来，于是，视野就变得毛茸茸、亮晶晶。抑郁症一扫而空，人人意气风发，浩荡前进。各种花都在怒放，樱花却谢幕了。华盛顿广场上，做了一个小花坛，粗人动的细巧心思，笨笨的，让人好笑，又有点鼻酸。四下里都是人，长椅上、石墩子、草地、树下。各样的地摊都摆出来了，翻跟头的，要棍棒的，唱曲子，拉四重奏，还有诗歌摊子，席地而坐，守一台老式打字机，出售诗歌，亦可定制，就像移民方才涌上海岸时的代写书信。各种组织的募捐也来了，为患病儿童、为妇女、为无家可归的人。有一种募捐很别致，募的是故事——有意者可在一页纸上写下文字，然后用晾衣夹子夹在拉起的棉线上，纸片儿在风中起舞。到了夜间，交易大麻的贩子出动了，广场公园灯光昏暗的一角——对了，满街都是大麻焦叶般的气味，许多地区将它排除出毒品的名单，但依然保留违禁的遗韵。我最喜欢的景观是从纽约图书馆的窗户望出去，那一片新绿，垂柳底下的春衫，被照得透亮。这个钢铁城市，忽然轻盈起来，薄如蝉翼，都能飞上天去。

二、托尼

纽约大学安排的公寓，房主是语言学系的教授，正修学术假，去往非洲部落丛林考察，正有六个月的空关，就托学校寻租客，恰逢我们需要，于是，两相适宜。入住十天光景，一日下午，忽有两名校警上门问询，总起来是三项，一是入住时间，二是由谁安排，三是同住几人，问答完毕即离去。原以为例行检查，并未放在心上。闲话中向朋友提及，个个神情大异，都说此事不妙，必有原因。推来算去，联想入关审核，缺少一份工作签证的I–129表格，被留验身份，俗话叫作“关小黑屋子”，但很快检索档案，“释放”出来，会不会这件插曲的后遗？又回忆访客中有无从事尖端行业，受中情部门注意？近来不是有两名中国高科技人员被拘审，兴起轩然大波。虽觉不像，但凡事都有万一，谁能确定呢？最直接最朴素的反应——朋友中的一位说，你们得罪什么人了！初来乍到，与邻里并无交集，友和敌都无从谈起。不过，到底存了一个心，留意起周遭人事。第一个进入视野的，是白人门卫布朗先生。头回见面，他便自报家门：我的名字叫布朗！礼尚往来，我们也应该以名字回答，可是没有，我们只说一声：早安，布朗！严格检讨，确实失礼了，却也不至于动用警力。我们注意到就在警察造访的次日，再出门去，布朗没有如往常一样迎接我们的目光，而是背过身去拉门，含糊地嘟囔一声，表示招呼。除此以外，再无其他迹象，事情就搁置下来。

又过去十天光景，晚上回来，门卫中一位南美裔先生——我们给他评价最高，诚恳友好，而且性格温和，他告诉说，我们有邮包寄到，存在收发室，收发室就在信箱背后的门里，需向一个名叫托尼的人领取。第二日早上，便下楼去了。信箱所在大堂一翼，侧厅的两面墙，第三面墙上有一扇门，依上下班时间开闭。常以为是物业办公室，从未向里探测。此时，开半扇门，可见一具柜台，柜台里坐着一个人，就是托尼。趋前向托尼问好，自报是新到的房客，几楼几室，姓甚名谁，来领取邮件。托尼不发一言，看着我。我重复一遍，回答依然是托尼的冰冷的眼光。局面莫名地僵持着，停一会儿，托尼发声了。他说：我早看见你了，和你的丈夫，从这里走过来走过去，就是不到我这里来！他激动起来，使我意识到我们又一次失礼了，急切道：我知道，我知道错了，应该早日向你问好，我来晚了，对不起！我的道歉似乎加强了他的委屈，火更大了，又一遍说：你和你的丈夫，从我门前走过来走过去，就是不到我这里来！我则再一遍认错。他从柜台里走出来，在房间里转圈，我跟在他身后。记忆一下子回来了，有一日早上，我在信箱前取信，余光里有一个黑人，小个子，腿上绑着盔甲般的护膝，叉开脚立在身后，就像电影《星球大战》里的帝国士兵，那就是托尼啊！我极想在他微驼的脊背抚摸一下，可又不敢，只能一声一声地道歉。忽然他中断了谴责，回过身问：你怎么想起到我这里来的？我说是门卫让我来的。这时我又有了新发现，南美人其实是个使节，在我们和托尼之间斡旋，传递信息，使睦邻友好，上下级团结。稍事平静，托尼回进柜台，取出一种红色卡片，告诉我，假如有邮包送到，他会在信箱里放一张卡片，凭卡片到这里领取。复又走出来，领到货架，取下我的邮包，他一直押着呢，就等我向他报到。他夹着邮包，并不给我，而是从柜台下取出登记簿，办理签收。我用中文写下名字，告诉他中国字是什么样子的，托尼露出至今为止第一个笑容，旋即收住，他余怒未消，说：让你丈夫来一下！

托尼的命令，除了服从还能怎样？赶紧上楼进屋，将刚从床上爬起的人带下去，来到托尼跟前。始料未及的一幕发生了，托尼对着他，满脸堆笑，弓下腰，伸出手，这可是我没有享受过的待遇。两个男人就这样，微笑，鞠躬，握住的手久久不放，终于松开，托尼回进柜台，又摸出那粉红卡片，转向我——

他的笑容又收起了。他说：用你们国家的语言告诉你的丈夫——他将方才的话，即领取邮包的规则又说一遍，眼睛紧盯着我的嘴，防止有渎职的情况发生。这个过程被延长了，显然他很享受这一场外交活动。后来，任何事情，对我说一遍，还要我用“你们国家的语言”与先生说一遍。托尼无疑是个大男子主义者，什么事都得让“当家的”知道才算数。现在，我们推理出警察上门的原因了。一定是托尼整我们，布朗也脱不了干系，是那个出主意的人，而南美人，化干戈为玉帛。

为补偿过失，安抚托尼受伤的心，我们表现出格外的热情，老远看见，就挥手招呼问候。托尼分明也领会了我们的示好之心，他越来越不吝惜笑容，常常把脸笑成一朵花。大冷的天气，看他穿了毛衣往外走，就说：托尼啊！天冷得很，你要受冻的。他骄傲地挺挺胸脯：我的身体很强壮！有时他看我空着手从信箱前离开，就很哲理地说一句：没有消息就是好消息！托尼常年戴一顶绒线帽，盖住双耳，显得脸很圆，严肃的时候，眼睛也是圆的，笑起来呢，就弯下来。托尼不是那种典型的，比如辛普森、奥巴马的黑人形象，身量也比较矮小。非洲有许多部族，不知道他来自哪里，又或许在以后的婚配中渐渐改变了种族特征。有一回遇到他下班，高高兴兴走在院子里，我说：托尼啊！回家吗？他说：是呀，回家！我没好意思问他家住哪里，倘若住哈林区，交通也是方便的，一号线直接就到了。在那里，托尼和他的族人们一同喝酒、聊天，消磨夜晚和假日，一定很开心。我不能准确判断托尼的年龄，上了岁数是肯定的。美国退休制度只有年龄下限，没有年龄上限，想做多久就做多久。在公寓里管理邮件收发，是轻松的活计，而且，我发现，托尼上下班的时间也没准儿，觉得他多少有些“对人马列主义，对己自由主义”，所以，托尼的日子过得很不错。

纽约有许多黑美人，K-mart超市里的女营业员，多是年轻黑女孩，个个俏丽妩媚。她们肤色深浅不同，全无二致地发亮，身材苗条而有力，看着让人羡慕。第五大道上的丽人行比较中产阶级化，穿着职业装，态度轩昂。曾经看见一位女性，穿一袭深蓝裙衫，颈上系一条青绿围巾，裙子和围巾都是薄透的材质，在风中鼓荡，尤显得颀长健硕。她让我想起梅里美小说《伊尔的美神》里的青铜女神，当然是要将女神的邪恶换成慈悲。都会的时尚风气似乎并没有归化她们的个性，反而加进开发，更加突出了。有一回在地铁里，跟前站着一个黑女孩，个头很高，穿一件褐色棉风衣，领和袖镶一周皮毛，挎一个大皮包，盖口也是同色的皮毛，长绒毛里有一对晶亮的眼睛，原来，是一条狗。我不懂宠物，看不出属什么犬种，也看不出年龄，只觉得身子的柔软和毛色的光亮，挂在皮包上，就像一匹缎子。朋友盛情款待看戏，我选择音乐剧《紫色》，因读过小说，也看过由斯皮尔伯格编导的电影，1983年，中国作协接待美国女作家代表团，作者艾丽斯·沃克就在其中，我呢，参加了在上海的陪同工作。走进百老汇四十五街亚克伯剧院，星期天的日场，全满，除我们两张亚洲人的脸，一色的黑皮肤。舞台十分简洁，一壁板墙上，挂着椅子，时而摘下用作布景道具，时而又重新挂上，腾出空间，接近中国戏曲写意原则。开场时，两个女孩面对面跪在地上，互相击掌——是《紫色》标志性的动作，这一元素只出现一回，及时收起，并不滥用，表面性的符号取消了，叙事保持着朴素的外形。随了少女击掌，歌声起来，大约来自遥远非洲部落的民谣，单纯悦耳，一阵寒噤似的悸动，真仿如天籁，又直抒胸臆。

住校期间，去往北卡的杜克大学一趟。纽约还在春寒中，杜克已满目绿荫。明晃晃的日光里，五彩的太阳伞，黑皮肤的体态丰满的女人跑前跑后，笑脸盈盈，就以为是《飘》里斯佳丽奶妈的后裔，事实上，《飘》的故事发生在更南部的亚特兰大，可我就觉得是在这里。我们住的酒店名叫MILLENNIUM，千禧年的意思，和小说里的“媚兰”MELANIE谐音，处处都是《飘》的影子。酒店早餐厅的小女服务生倒有一副斯嘉丽的脾性，第一天很热情，第二天极冷淡，大约和男朋友斗气，想着少惹她，速速走开，却听身后大声问道：你们是夫妇吗？转身看，笑靥如花。这就是新人类！蓄奴的时代早已成过往，退到历史深邃处。

托尼日复一日上班下班，周六周日休息，周一即到，又一轮上班下班。除去迟到早退，从没有过缺勤。我们公寓的房主卡林斯——因为找他的电话不断，邮件也不断，这名字就成了熟人一般，卡林斯给系里办公室邮件，让我们将他信箱里所有的来函全交给托尼保管。托尼真是老管家，迢迢路远的房客一切都托付给他。卡林斯也是老住户了，走之前报修空调外机，工人们进来操作，那工头站在厅里，左打量，右打量，满脸疑云。我们按自己的需要对房间略作调整，没有逃过他的眼睛。他自语说：变样了嘛！随即问：地毯呢？我们回答卷起来收进空房间。又追问：卡林斯知道吗？这就不好说了，只能含糊其词：大概吧！工头的脸上多少露出悻悻然，心里犯着嘀咕，走了。按卡林斯吩咐，将信箱里掏出来、日积月累一大沓的邮件悉数捧到托尼的柜台上，托尼说，有一些是广告，邮递员每户派发，是垃圾！我说，卡林斯说全部给你的！托尼再三再四说明其中有许多垃圾，应该剔出来扔掉！我还是以卡林斯的话为准，一股脑儿塞进他怀里。下一日，遇见我先生，被托尼叫住，有话要说，意思还是那些，信箱里的垃圾邮件，扔掉——他做了一个发牌的动作，很形象，真看得见一封邮件从他指头上飞出去！就这样，和我说不行，必须和"当家的"说。下一次，我去送卡林斯的邮件，积起的一沓，放在柜台上。我和他，一里一外，依柜台而站。托尼拣着台面上的信函，捡起一封：垃圾！放在一边，再捡起一封：卡林斯！放在另一边。下午三时许，大人们在上班，孩子们在上学，红绿衫军们在外玩耍。我们两人都很耐心，我还很谦虚。这是我和托尼之间，静谧的一刻，甚至有一些温馨。

住校期限将尽，打道回府之前，还有一桩事要与托尼交涉，就是请他将我的信件——假如有我的信件，转交给东亚系。面对我的托付，托尼的回答是：邮费呢？他说，我并不是邮递员，我需要邮资！他微笑地看着我，和气里隐藏着精明。我说，可不可以请邮递员转寄，东亚系不就在马路对面，最多500米距离？可是，还是邮费，邮递员需要邮费！托尼摆出一副长谈的架势，我的头脑和语言都不够对付得了，只能退一步，留下朋友的电话，请他尽通知的义务，让朋友来取。这个方案得到他的首肯，然后就与他告别。他问我什么时候离开，我说后天。那么，托尼说，明天来说“再见”！简直就是太上皇，去和留都需在第一时间和最后一刻向他面觐，须臾不可怠慢，真是一个骄傲的托尼。

三、唐人街

中国人在海外生活，离不开唐人街。纽约的唐人街位于曼哈顿下城，临近国贸中心，“9·11”的时候，双子塔就在眼前塌陷下去，燃烧的灰烬弥漫上空，数日不散。现在，新国贸大厦矗立起来，纪念碑式的，有着锋利的边线，新型钢化建材，在黑暗中荧荧发光，为夜行人指点方向。纽约大学以及大学为我们安排的住所，距唐人街两站地铁，曼哈顿的地铁站很密集，所以走过去一二十分钟，就已经嗅得到那里的气味，一种生鲜腌腊的混合组成。隔壁的小意大利城也有他们的生鲜腌腊，另一路的，井水不犯河水。两区都是黑帮电影的采景地，意大利最著名的有《教父》，中国粤语片就多了去了，凡打星多在其中露过身手。随气味接踵而至的，是人声。有中国人聚集的地方都气象蒸腾，开了锅似的。身在其中，会以为吵，离开了才觉得寂寞。声音最响的地方大概算得上中国香港，而这里，仿佛是香港的一角，旺角或者荃湾。超市里永远人头攒动，收银台排着长龙，架上的货一眨眼就空了，补货的推车吱吱嘎嘎跟进，喊着：“借过，借过。”许多人从外地来，带着繁重的采买任务，一口大旅行箱，装满了回去；或是将东西分箱快递到驻地。相比较而言，我更喜欢临街的小店，比如，鱼铺子——屋檐底下搭起的货摊，龙利鱼、黄鲳鱼、鲈鱼、鱿鱼、板鱼、鳕鱼——鳕鱼在国内是贵重的鱼类，这里却成山成堆，雪白的鱼肉冻成一方一方，买回家化冻，放上姜葱隔水蒸。姜葱是在另一个铺子上买，姜要过秤，葱则系成一小束一小束，很高贵的样子。蒸锅是不可少的炊具，我们的这一口买于“珠江”，百老汇街上著名的中国店。老板娘早些年离乡来上海，说一口带苏州口音的沪语，从信用卡签名认出我，顿时“老乡见老乡”，传授纽约生活经验，还给了姓名电话，可惜她的店临近收尾。百老汇大街的店租见风长，于是频繁易主，没过几日，“珠江”也不见了。同样的际遇，后来在梅西百货化妆品部也发生过一回。如今，每个名牌都设有中国代表，这一个，正是我的读者，她耐心替我调配种类，最大限度地享受折扣，又送一堆试用样品。再回去唐人街——鱼铺上方悬一杆秤，鱼扔进秤下的铁盘，报价就出来了，鱼也飞回来了。这边掏钱，下一条甚至下两条鱼已在过秤、报价、掏钱。一手交上钱，另一手接住找头，沾了鱼腥的潮湿的纸钞和镍币，不晓得经过多少笔买卖进出，算得上流通率最高的美元现金。鱼摊的紧邻，是包子铺，松软雪白的大包子，六个一盒摞在架上，整面墙的架子占去一半地盘，买主在另一半侧身交错。货是从后壁深处出来，显然是前店后厂的格式。最壮观的是港式茶楼，一道电动滚梯上去，耳边就是轰隆一声，球场大小的厅堂里，圆桌面挤挤挨挨，无人领座，全凭眼尖手快，还有运气，占得先机，只要有空位，勿管认不认识，挤在一桌，有点像会议餐，凑得人齐就上菜。小车在桌椅缝里蛇行，你叫停，它就停，手到哪里，铁夹子就到哪里，啪一下，竹笼、碗、碟，桌面上跳着脚滑行过来。饮茶本应是悠闲的，在这里却有一股紧张与惶遽，这也是和香港像的。所有的动作都是快板，又是曲牌的体系，长短镶嵌，不知不觉中，进食的速度在加快，而且，情绪也激动起来。

唐人街的景象难免灰暗，是环境，也有人的缘故，也许两者相向互映。街道、房屋、铺面、店招，都是旧式，要推，都能推到前、前个世纪，那就不怪它的旧和陈年老垢了。人呢，似乎都上了岁数，多少代以上的唐山客，受迁徙和生计压迫，留下焦苦的痕迹。生相仿佛会濡染似的，即便少年人，在这里也显出沧桑。沪上过了时的老字号站到了街角，老正兴，菜名是上海的，菜式也对头，店员说着纯正的上海话，背着手站在你跟前，就像从20世纪60年代老电影里走出来。口味却不大像了，水土改变物种，小笼包子大上一圈，肉馅亦太过结实了。

一些消亡的手艺在这里复活了，比如剃头。唐人街的深处有许多剃头店，一家挨一家的，“当家的”专认一门。老师傅，更可能是老板，广东人，有年岁了。好比武侠的派别，有的使剑，有的使刀，老师傅使的是推子，一共两把，大的盈握，小的只在两指之间，上下交替操作，将一颗脑袋修得溜圆。看得出是童子功夫，多年的萝卜干饭，最终“一招鲜，吃遍天”。纽约的冬天，干冷干冷，脚后跟严重皲裂，开出口子。旧痂未平，又添新迹，于是，沟壑纵横，润肤油越来越失效应，唯一的办法是削去疤痕。还是出发到唐人街，寻找修脚店。找寻一周无果，倒推进许多按摩院，开在半地下室，窄小的门厅里坐着小妹，空气淤塞，似香似秽，所操营生就有些暧昧。考虑行业的性质，修脚与剃头也许同属一项，就去向推子师傅打听，果然，迷津指点。转一个弯，多条小街交会处，角上的一户，挂牌“修甲”，就是了。门内一片新气象，店员身着白大褂，就像诊所里的医生。近门处，高案高凳，修理手指甲；进深，一列皮椅，椅下有水盆，就是足疗的场所。这一回，全套电气化。浸足的水盆有电热装置；座下的皮椅电力驱动，起伏推挤，忽捶打，忽颠簸；去痂是一枚电动砂轮，吱吱地打磨。前后照应的女人，自称来自福建，再三声明店务的正规，壁上的悬挂，无不关乎营业许可、卫生嘉奖、保健批准，就是见证。修磨完毕，涂抹脚霜，又格外倒出半个纸杯赠送，说有特效。脚霜有没有特效不好说，但削去结痂，着实免除开裂之苦楚。天已入春，棉鞋换单鞋，新买的一双“中国制造”凉鞋，款式别致，草编的鞋底敷一层塑料薄膜，轻便利行，可惜极不耐穿，只半月时间，塑底磨尽，露出草茎，就要修理。洋人的修鞋店，倒不鲜见，凭窗看里面的工具，铜钉铁锤，尖凿利锯，更像是对付牲口的鞍具。想了想，唯有一条路，就是唐人街。

鞋匠的踪迹就不那么确定了，有是有，唐人街什么没有啊！具体在哪里，就犹疑起来，似乎这里，又似乎那里。或者曾经在这里，曾经又在那里。显然，这是一个流动性很强的行业，穿街走巷的。第一个鞋匠坐在熙攘的十字路口，那真正是一个老鞋匠，眼神已经不济，听力也不行。找到他时，正摸索着往一只鞋后跟里敲钉子，钉子在锤子底下打滑，工具也十分老旧。好不容易与他搭上话，他瞄一眼我的鞋，眼光涣散，很难相信他看见的正是我这一双。索价则是肯定的，十六元。还过去一个价，没有回答，复又埋头对付那枚钉子，回到混沌不觉的状态。一是嫌贵，二是沟通困难，就放弃了。看起来，鞋匠是稀缺的一行。四顾茫然，走许多路，问许多人，最终，在孔子大厦附近，铁路桥的桥洞里，看见一个鞋匠摊。

这一个，面目全然不同。首先是年龄，既非老鞋匠，也非小鞋匠，而是青壮，三四十的光景；二是生相，白净脸，修眉漆目，中国有一位男星——张嘉译，可谓形神皆近；三是态度，两个字——冷峻。这般人品，与鞋匠的行业不符，也与周遭环境不符。垂目看一眼鞋，这一眼和那一眼不能同日而语，直抵要害，随即吐出一口价——二十五，恰好是这双鞋买价的一半。火车从头顶隆隆驶过，这一声就有振聋发聩之效果。有过前次与老鞋匠的交道，晓得还价是无效的，于是只在私下讨论。然后，小心驱前问询，将如何处理。鞋匠扔出一张皮革，材料的意思，再问怎样操作，“胶水”，男人吐出两个字。果见脚下排列一溜瓶罐，所说“胶水”当是其中一种。顺便打量，这一个工具要比前一个先进，有一部机器，桥洞壁上挂了各种锤凿锥剪，深处则是一卷卷的皮革。男人手上活计，缝纫切割，手势精准利落。他的外形也征服了我们，使修鞋这门手艺活上升到艺术者的境界，终于下决心交付修理。其时，男人脸上稍有和悦之色，对鞋作出评价——贴一层底还可穿个几年没有问题，许多美国人也在他这里修鞋。按约定的一个小时以后，过去取鞋，看见男人站在桥洞口，双手扶胯，抬头望着铁路桥，桥上正经过火车，眼光是忧郁的，他在想什么呢？火车轰鸣中银货两讫，他又钻回桥洞。

孔子大厦是唐人街的中心，街道从这里向四边辐射，中国南方城市特有的骑楼底下，什么样的生意都有，进门一侧柜台卖电话卡，同时出售电话线路。一条线不知道挂多少张卡，因此，串线的事情经常发生，串得巧了，就会有意外的邂逅。另一侧是金银铺子；进去一步是汇款的窗口，中国建行、中国工行、邮政银行都是汇兑的户头；紧接是韩国化妆品，做的是批发；然后，国际婚姻介绍所；电梯边的墙上嵌一排名号，以中医牙医居多；其次是律师事务所，办理税收和移民事务。曼哈顿的唐人街，日益膨胀，蚕食紧邻的小意大利城，小意大利城只剩下一溜边。大雪过后的一天，从那里经过，看见那里的铲雪车将残雪卸在路口，正当唐人街心，应了一句老话——“各人自扫门前雪”，会不会也有一点小小的报复心呢？然而，小意大利城的萎缩在某种程度上，意味着纳入纽约主流社会。中国人不也是吗？早已经游离出唐山客的传统主业——餐馆和洗衣店。尤其中国大陆的年青一代，疾速完成命运的嬗变，跃入中产阶级。与此同时，更多的移民涌入新大陆，曼哈顿的唐人街显然不够容纳，不只是地块有限，还有观念的差异。旧式的侨置难免露出败迹，人和事都老迈了。中国年的除夕，去唐人街采买，向晚的时节，露天的案子上堆了花束，一种绒球状、耐寒的花骨朵，红或者绿，都是暗淡的。人们挤在案前，冻得抽不开手，仓促地挑选，新春的喜气里，多少流露出凋零之感。

新型的中国城在皇后区法拉盛壮大起来，据说原先以犹太居民为主，如今换了人间。直达法拉盛的七号地铁钻出隧道，在高架铁路行驶。地面广大而平坦，呈出球体的弧度，于是，地平线微微下沉。也因此，地上物就显得零碎，小小的房屋和街道，还有人和车。局部是拥簇的，从全局观，几可忽略不计。新大陆依然保有原始性，放眼都是未开发。新车厢里光线充沛，明晃晃的，十之八九的华裔的脸，包裹行李也占去空间，满当当的。法拉盛是终点站，这一次车到，下一次就出发，可以想见人流和物流的汹涌。一出站口，市声扑面而来，比唐人街规模更壮阔，因为地场大。同时呢，南音换北音，耳边掠过的，多是普通话，二人转式的东北话尤为突出，还有上海话——闽广潮汕的眼睛里，上海人不也是“北佬”吗？

法拉盛的样式，也摆脱传统中国城——晚清民国之交南洋商贸地区旧制，而是接近中国内陆，经济腾飞中的二三线城市，通衢大道、购物中心、超级市场、星级酒店、面包房、三温暖、小商品，高级物业和临时建筑相互交错。人车熙攘，店招林立，小广告满天飞——内容因地制宜，帮助移民的事务所为第一大项，其次是规劝信仰的宗教团体，再有办理退党的中介机构……走在街上，眼睛耳朵都不够用，嘴也不够用。热腾腾的中国点心在向你招手：现炸的油条、油饼、麻球、粢饭糕；新出锅的生煎包子、锅贴、萝卜糕；刚揭笼的各色包子、糕团、蒸饺；沸滚的咸甜豆浆、茶叶蛋、玉米棒子、关东煮。洋人的饭吃多了，都嘴淡，经不起诱惑，湿唧唧的纸币和烫手的食品袋在人头上传递着，这大概就是所有唐人街的通弊，消耗塑料袋最巨，现钞流通量最高。

引我们进入法拉盛的人，名叫高中，上海人，20世纪90年代初来到纽约，开一爿书店，店名“中国风”。是书店的缘故，也是性喜交友，热情好客，高中广结各路知识人。各路知识人的交际圈，远兜近绕，最后又总能归到他门下。从他门下，再联到一家，则是书店对面的上海餐馆——“聚风园”。一餐饭，可从中午吃到晚间，绝不驱赶，倘自带食材，便让出厨房，任其自行炊事。从聚风园过去，即法拉盛公共图书馆，全纽约中文藏书最大量、出借率最频密的图书馆。主持日常事务的馆长，也是上海人。办理借书证——手续极简，只需护照以及一封来信，最好是银行的函件，上有地址，不论长住还是短留，总之居有定所，当场便可领取。帮助找书，并演示自动借书机器的，是一位退休馆员谢老师。谢老师，花白头发剪成短式，穿一件夹克式棉衣，足蹬运动跑鞋，步子很健，走路轻捷。父亲在国民政府高层任职，上世纪四十九年，她和双胞胎姐妹一同来到美国，读书工作。她喜欢法拉盛图书馆，退休之后继续志愿服务，同时参加馆内举办的学习课程，这天正是韩语开班。忽想到白先勇的小说《谪仙记》，李彤若不死，也许就是今天的谢老师。

从此，我们进入高中的人际社会，时常受邀参加聚会。聚会的起因和主题各不相同，有一次是读书会——后来知道，中国人在纽约有许多读书会，别的地方大约也是，自发组织，形式不一，内容却总是围绕读书。他们这一个，每月一会一题，一人主述，然后各自推列书单，简要概况，产生下一月的主述和议题。这一回高中通知的主述人是纽约州立大学的历史教授，专论美国海外军事基地。因大雪封路没有去，事后听说，那一日的经历，虽是艰难却颇得意趣，大家合力铲雪，开出路径，然后报告和讨论。讲演十分精彩，信息量极大，美军海外基地究竟有多少？简单一句话，任何地方发生情况，瞬间就有美军战机起飞升空。后悔也来不及了。再有一次旷席因课时冲突，也是遗憾的。高中电话说，友人携“苏眉”一尾，当“苏眉”是来客，经解释方才知道是一种鱼，甚是名贵难得，更难得的是，专请一位淮扬大厨烹制，地点就在聚风园。幸而，以后的日子里，重得机会认识老师和大厨二位高人。

法拉盛近似草莽江湖，就会出异秉，以年资辈分论，应推王鼎钧为第一。从法拉盛图书馆借出四本一套《王鼎钧自传》，读到另一部家国历史。乱世漂泊，朝野进退，文武兼备，生死线几度徘徊，最终定居彼方，操一杆笔养生养性，弹指灰飞之间，已近百年。华界文苑，以“鼎公”尊称，他亦不负众望，大小事务，凡有请必有应。上回莫言来，即去府上拜见，都是山东籍人，有乡谊。在我，单凭一脉文缘，不知能否见上一见。高中出面，两头传话，进而组织一场饭局，设在老地方——聚风园。座中有鼎公欣赏与扶持的张宗子，淮扬大厨李师傅，就是在这一宴上头遭晤面。二位自识晚辈，与我们也还生分，多是缄默着，难免沉寂。而鼎公气象恢宏，笼罩了局面。他引导话题，开拓讨论，亦庄亦谐，就无一时冷场。年届九十，身量依然超出汉族人平均高度，可以想见壮年时的鹤立鸡群。腰板笔直，腿脚还很敏捷，透露出军旅生活的痕迹。要不是有这底子，怕蹚不过关隘，劫后余生。唯有耳背这一点，看出了年纪，说话由夫人王阿姨传送，因是熟谙的振动赫兹。到后半段，我们双方多少掌握发音频率节奏，就可直接对谈，可惜，餐聚将毕，时近午休。临别，鼎公托我带去国内出版业一个意见，就是书脊过厚，纸张过硬，装订又紧，于是打开书本，就像“案板上的鲤鱼”，两头顽强翘起，必双手按压，才可阅读。虽是耳背，却不像通常的聋人说话，极尽声高，而是中等音量，语气平和，就显得从容了。日后，《侨报》约我讲座，鼎公竟也到场助阵。经过麦克风的语音，一个字不能入耳，但从头至尾端坐。看凝目静神的面部，猜想他思绪走去哪里。深邃的往昔岁月，或是沧海一般的人世，那是一个另度空间，谁也进入不了。

法拉盛的每一聚，都有一番奇人奇事，先前并无预设，随了话题，逐渐推出，是随风而去，又水到渠成。有一回是上海文先生，其父为国民党军中将领，上世纪四十九年，入大陆战犯营，妻小一路栉风沐雨，全凭家仆护佑，走到今天。另一回是陈先生，来自北京，《今天》出版人之一，谈的是美国人类学家古尔德的学说，进化中的不期而遇。再一回则众生齐发，与淮扬大厨李师傅的交谈就在哗然中艰难进行。李师傅在法拉盛武林中排末，七七年生，上海人，师承沪上著名淮扬菜系大法。我以为小李他不止在厨艺上受教益，更是得自然之要义。怎么说，就这么说吧！从食材到植种，从植种到天候，从天候到人事，从人事到世情，从世情到天伦，九九归一，合为天人观念。我问他中国无数菜系，哪一系为最上。他的回答使我茅塞顿开，他说：无论哪一系，做到最好，便无有差别！多年以前，还是个鲁勇的年轻人，曾提出小说“四个不要”原则，至今遭人质询，尤其“不要风格化”一项，只能说其然，而说不出其所以然，现在，则有了旁证。小李还很年轻，又读过书，行过路，前途无可限量。我与他落座圆桌两端，相隔最远，说话如同叫喊。那一晚，群情激动，二三人成一党，话题交错，一时相撞，一时迸裂，于是遍地开花。从气势讲，张宗子为压倒之势，他有一条宽高的嗓门，音色嘹亮，穿透力极强。平日喜爱西洋歌剧，多少习得发声方法，一旦开口，便覆盖全局。他讲述在《侨报》做夜班编辑，凌晨时分，一个人走在曼哈顿岛，楼宇为他让路，天地海拥入怀抱，仿佛世界的主人。

有一日，舞蹈家江青带一众艺术者去唐人街吃饭，同行有一位英国先生，一位犹太先生，犹太先生的妻子则是俄罗斯后裔，新获奥斯卡终身成就奖。这位女士有着巨量的身形，体格壮硕，形态极为庄严崇高，所任艺术导演作品中有著名的《最后一站》，描写托尔斯泰晚年生活。我想，唯有这样的量级，方才能够与托尔斯泰匹配。天下着小雨，周末的餐馆家家客满，我们走了一家，再走一家，逼仄的街道，擦肩摩踵。我们这一行，上车下车，进去出来，俄罗斯女士泰山金刚般的身姿，在队伍中间稳稳移动，是唐人街又一帧景观。

四、公共图书馆

纽约公共图书馆中文藏书最多的是法拉盛，一次性借书数量五十本，期限三周，如需延续，电话或者网上重启借阅周期，否则，按每本每日七十五美分缴纳罚金。倘若需要的书正在借阅中，可以登记预约，一旦还回，立即通知。在书店看到有一位新起的尼泊尔女作家的小说，放在迎门的案上，说明正在热卖中。翻阅前言介绍，所写多是告别本土、迁居异乡的故事，属“离散”题材，最近一本书名即《离开的与留下的》。“离散”即是知识界的议题，同时也为出版人视作商机。图书馆架上搜寻未果，便到柜台查询，被告知馆内共有三本，全部外借，预约者已排起长队，我排在第二十一位。可见出这位作家受欢迎程度，亦可见法拉盛也聚集了尼泊尔移民社群。身在客地，总是格外向往故乡的人和事。

多少有一点遗憾，没有发现哪一位中国作家明显受到关注。法拉盛图书馆找到一本哈金的新作，短篇小说集《A GOOD FALL》，是他头一回自译中文，故事都以法拉盛为背景，其中有一个上世纪80年代滞留不归的中国教授，尤其生动。哈金的叙事诚恳老实，难免拘泥，这一篇，却很释放，辐射出多重意味。但哈金的热潮似乎过去了，暂时没有新人替代，只在宾州火车站，看到刘慈欣的《三体》第一部的英译本，列在最新出版的案上。每每走进书店，本能地就要寻找中国书籍，结果都不怎么样。在西岸斯坦福大学所在小城Palo Alto，街上有一爿书店，名叫“铃铛”，至今已经七十五年历史。老板很亲切，问有没有关于中国的书，引到一具古典风格玻璃门书橱跟前，显然，橱里所纳都是珍藏，带有经院气息的典籍，布面和皮面，烫金镶银，书脊或做成竹节，包铜的四角。其中果然有三本中国的书：一本蒲松龄《聊斋志异》；一本宋诗；第三本倒是现代文论，研究的人物却很陌生，凭译音回来查《辞海》，原来是“申不害”，又名申子，占有词条两项。释为“战国时思想家，法家主要代表之一”，思想与商鞅相近，主张吏治、君权。一为郑国人，相韩昭侯；一是卫国人，事秦孝公，各奉其主，不能合力治天下，所以又都不出谋士的身家性命。是因为商鞅有“变法”之举，名见经传，日后成为显学，而申不害仅以笔墨存世，又有流失，于是没入寂寂。这个外国人是谁呢？由什么人领上这偏锋小道，却写下皇皇巨著，又有什么人读呢？把书还给老板，看他小心放回，锁上橱门。我想他压根儿不会知道申不害是什么人，甚至不一定去过中国，这本书对他可谓天书，但这邂逅里总有一点机缘的关系，也许，也许终有一天，会有什么发生。

从书店架上看，中国文史哲类的译本，连同关于中国的书籍，一并踪迹难觅。上一回来纽约在2007年，尚可见到古今历史、社会运动、个人命运的书写。记得有一本关于收养中国婴儿的小说，放在新书推荐的显眼位置。收养中国婴儿是当时美国社会的一阵风，且又合乎“身份认同”这一哲学命题。这一回，中国的话题在另一路，就是财富。纽约大学书店的新书推荐里，有一本《中国财富女孩》，出自新加坡作家笔下，同样的故事，他已经写过几本，显然是有特别的兴趣。从法拉盛图书馆借出一本，稍事浏览，情节约莫来自网络流传，一句话——“土豪金”。这一位，以及其他亚州国家作者的虚构和非虚构，并无二致，都用英语写作。和我们相反，美国读者更倾向本国语的阅读，而对译文不热情。这一年得普利策奖的书《同情者》，作者是越南裔，姓“阮”。“阮”姓在英语中有特别的发音，而他特立独行，坚持以越南语注音姓名，我以为是一个抵抗，抵抗语言的霸权主义，可他不也是用英语写作的吗？三月里，专去艾奥瓦看望聂华苓，小城书店张贴着印度裔女作家裘帕·拉希莉的大幅宣传海报，推广她的新作。裘帕·拉希莉的小说，中国大陆几乎有一本翻一本出一本：《疾病解说者》《同名人》《不适之地》，多描写移民生活异域的困顿。她出生在英国，定居美国，英语是她的母语。印度上层社会以英文为书写语言，这是印度作家远比中国作家更易进入美国文学视野的原因之一。

法拉盛图书馆毕竟路远，借和还都不方便，据说法拉盛与曼哈顿唐人街同属一个图书馆系统，互通有无，于是试着去一回。图书馆在一排骑楼底下，左右有《世界日报》和中文书店，但这个设于华埠心脏位置的利民机构却无中国职员，就谈不上乡情，态度很是决然——不可以！借书证也不可兼用，需重新办理。上下环顾，见占地狭小，藏书也有限，以报章杂志、儿童图书为主要，就放弃了，另谋他途。

还是得高中协助，推荐曼哈顿公共图书馆，中文藏书居纽约第二，又有一位来自中国台湾的馆员张先生，与他相熟。就这样，去到四十二街的曼哈顿图书馆。填写申请表格时候，张先生发现我与他是同年同月生人，倘追溯生平来历，则可牵连出一长段近代历史：国共内战，一去一留，韩战爆发，美国第七舰队进入台湾海峡，拉开冷战帷幕……至此，两岸三通，对话频仍，往来稠密。但如张先生这样，早年来美，对“铁幕”后的社会主义中国怀有颇多好奇，每每借书还书，都请求稍留一时，等他下班，一起用个茶点。附近面包房买了茶和蛋糕，就走到图书馆楼下绿地。前面说过，从楼上窗户看去，最美春景。柳丝飘拂中，寻找一张空桌，坐下来，沐在阳光里。就有些像卞之琳的《断章》——你站在桥上看风景，看风景的人在楼上看你。张先生接待过许多大陆图书馆业的代表团，一一报出姓名职务，有我们认识的，便问一番近况，托带个好，随即又生羞怯，恐怕对方并不记得了。他对上海这地方抱特别的好奇，在他成长的年代，隔时空距离，上海还在“东方魔都”的传闻中。他问这问那，像个孩子似的，有一个问题是，沪语“赤佬”指什么？又有一个问题，“白相人”是什么人？这两个名词显然来自旧上海滩的社会小说、黑帮电影，作为一个上海人，视作常识，但解释起来相当费口舌。并且，后来，向多方证实，都说我大错，误导了台湾同胞。

张先生有一颗文艺青年的心，有一回，他犹疑地从裤袋掏出一页纸，是他写作的文章，与我分享。文章写某一日带孩子去面包房买早餐，一路的感想，大约的意思是，青春逝去，对爱欲的热情平息，波停流止，但日常生活则回报另一种人生的旷意，接近张爱玲和胡兰成的婚约“岁月静好，现世安稳”。

曼哈顿图书馆的中文藏书，只在法拉盛十之一二，书架与书籍的整齐也看得出流转较为有限。进书的挑选则有些杂，港台版的新武侠占去一架，出借率最高。第二大类可能就是政治要人的传记，敏感事件记录。余下的有现代小说、翻译文学，翻译文学以日本为多，多来自中国台湾图书进出口公司，很明显，日本占领五十年，影响犹在。张先生特别介绍我一位姜贵作家，夏志清教授所著《中国文学史》中，有两张陌生面孔，一是张爱玲，为其单立一章，长达三十八页；另就是姜贵，附录之三即“姜贵的两部小说”。姜贵出生1908年，早于张爱玲的1921年，为十三岁之长，但比较“出名要早”的后者，却是晚生代了。代表作《旋风》出世，正在张爱玲行将收梢的《秧歌》和《赤地之恋》，时间为20世纪50年代上半叶，首尾衔接。两个陌生人所写题材与格调都大相径庭。张爱玲的故事多发生沪港都会，姜贵则深入腹地村镇。前者笔下的伦理关系男女言情，虽有鸳鸯蝴蝶遗韵，但在我看，更是接近简·奥斯汀一系的英国叙事传统。后者承脉中国章回小说，进而接入民国社会派。张爱玲已然彰明天下，世人皆知，成一代风潮，姜贵却还屏蔽于文学史影地里。《旋风》写的是20世纪初，国内革命时期，中原地区，士绅社会在党派划分中裂变，重新调整阶级，演绎出又一轮悲欢离合，其实可算作《白鹿原》同一题材，但立场有异，不合新文学潮流，便排除在视野之外了。

曼哈顿公共图书馆街对过就是纽约图书馆，皇宫神庙式的建筑，立在当年水库的基座，体现出人类文字初始诞生时代，对知识的仰望。一百多年前，纽约三大家族，一个出资，两个捐赠收藏，对全体市民开放，以资料查检为专项。我最感兴趣的是馆内有住市作家计划，向世界公认的一流作家提供，莫言要来申请，一定会予批准。张先生带我们在大堂咖啡座聊天，一名黑人保安远远看见，扑将过来，热烈握手拥抱。保安曾在曼哈顿图书馆服务，一度同事，某个平安夜里，二人值勤，合力捕捉一名小贼。那宵小更可能是无家可归者，取暖喝水，顺点外快，并无挣脱反抗之意，没有发生好莱坞电影追杀一幕，轻松得手。但时间特别，想一想，人人合家团圆，庆祝圣诞，唯他们形影相吊，楼上楼下梭巡，就有袍泽之谊。图书馆的咖啡真不怎么样，但因是知识的殿堂，其他琐细都可忽略不计。

曼哈顿图书馆的借书证，同时还通行于杰弗逊图书馆。杰弗逊图书馆是在去往切尔西的途中发现。切尔西市场在废弃的火车站建成，日用服饰、生熟食品，终日人头挤挤。我们常去购买海鲜蔬果，沿途景观不错，距离又在步行可达。杰弗逊图书馆——红砖外墙，形制仿佛城堡，走进去，石阶环内壁盘旋，地下室凉森森的，四围合拢，有一股幽闭的气氛。上到二三层，天光照耀，豁然开朗。看开窗的阔大，框架的开合结构，很明显，材料、工艺以及用途都是现代的。猜想从修道院改造，后来知道，原先是一座女子监狱。想来也对，两者都有禁欲的用意。看这些旧迹，纽约的市区在扩大，地上物堆累叠加，时不时的，露出草创的斧斫。

杰弗逊图书馆藏书有限，中文书只有垂直的贴边一溜，总数不超出五十本，但是，至少我们遇见过一名说汉语的中国馆员。如曼哈顿图书馆，除张先生外，儿童部有一位来自中国大陆的馆员，亚洲部的一名年轻中国女孩，已经不会说汉语。我倒喜欢去杰弗逊图书馆，喜欢它的清静。书架围绕一周，中间沙发茶几，侧厅又有几架书几张桌，面向街道，光线更充沛明亮。从窗里望出去，看行人在路上徐徐地走，像是世界上任何一角街景，有着同情同理的生活。

很快，曼哈顿图书馆的中文文学书快被我借完了，回家的日子也将到了。有一回，借书中有一本日本当代女作家樱木紫乃的小说《玻璃芦苇》，在那里，我得知不少日本新生代作家，还有一位凑佳苗。不是吗？在国内，我大约不会读她们的，对于我，她们太年轻了。《玻璃芦苇》的情节，我很快想不起来了，却特别记得书中夹着借书单和一张参观圣帕特里克大教堂的门票，不知道为什么我会对它们那么感兴趣。从借书单和门票看，借书和看教堂的日子相差一天，先借了书，次日又去参观教堂。两地相距几条街，抬腿即可到达，为何要分两次，而不是一次进行？而且，看起来是独自一人。这个中国女子，我想那一定是女性，樱木紫乃的读者往往是年轻女性，这个女子，居住曼哈顿，借书证必须出示纽约住址才可办理，所以不会是游客。她在中城活动，借书、看教堂、漫步行走，给我的印象，有一种寂寞，又有一种悠闲。熙攘的人群中，有一张中国人的脸，就是她的。

后来，受布鲁克林公共图书馆之约，去那里讲座。操持讲座事务的是一位上海先生，不期然地组织一场“上海同乡会”，将沪籍的馆员和朋友聚于一堂，晚上的听众，也以他们为主。布鲁克林图书馆所居位置非常显要，立于高地，正对当年格兰特军队开进布鲁克林的方向，仿佛一座凯旋门。美国图书馆，我以为是依着欧洲对古老的亚述王朝、埃及、罗马图书馆的遥望，人从上帝手里获得的神权象征，所以是如圣殿一般。波士顿图书馆也是，大教堂一般的拱顶、廊柱、壁画、雕饰。在布鲁克林图书馆，崇高辉煌集中表现在大门。我们去的时候，正值向晚，太阳走到西边，直射东面，与门上的金徽交相辉映，照得睁不开眼，真好像上谕下达的一刻。神圣威慑在门内顿时化为世俗，民主共和。风格与装潢以实用为主，就十分简洁，属现代主义的点、线、面结构。图书馆的业务，延展到整个社区服务，咨询、注册、申请援助、发放签证表格，接近中国的派出所。大小客室免费使用，只需事前预约，我们“上海同乡会”的聚所，就是早几日登记，分得一间，用时两个钟点。

我在纽约大学的职员证，可使用纽约任何一所大学的图书馆。纽约大学的图书馆是一幢现代建筑，中庭挑空，直通玻璃穹顶。现代建筑材料密度大硬度高，于是四处反光。底层侧厅供轮展用，去的那日展题为“纽约大学出版社历史”。东亚部在十层，主要为日、韩、中，文献典籍，日本居多。哥伦比亚大学藏书甚巨，远超过纽大，专有东亚一馆，馆长是中国大陆学者，复旦大学毕业生，通乡人之款曲，亮出两件镇馆之宝。一是清代玉板书，板上刻汉满文字，描金，共完整十二片；二是一面义和团旗，家常棉布，作坊的染工，缝纳亦庄户人针凿，可见得民间起兵本性。大学图书馆是庙堂级别，我要读的小说究竟是俗物。记得上一年在香港城市大学驻校，几乎将架上推理小说读尽。后来和馆长吃饭聊天，馆长笑问：你知道读推理小说的多是什么人？我说不知道。他说：理工科学生。可不是，本格派推理差不多涉及结构工程，药物杀人案属化学，犯罪痕迹则牵扯材料力学、生物基因等等，如此爱好似乎有违人文学科里的思想精神。可是，凶杀案里也有人情世故，最普遍的最激烈，我要的就是这个。在纽约半年，我从未去大学图书馆借阅，而是享用市民服务的公共图书馆，在那里，藏着小说写作者的秘籍——一颗平常心。

五、当年英少今何在

2001年10月，“9·11”之后一个月，我们来到美国。这一日，张北海带我们游荡纽约。先在中央公园，然后林肯中心，晚饭后是格林尼治东村爵士酒吧。入夜时分，演奏方才开始，到高潮已近次日凌晨。推门出来，站在街边，张北海又加一个节目，看脱衣舞。此刻，惯于早睡的我们，睡眼惺忪，站立不稳，他再三诱惑，笑道：这是本世纪最后一个邀请看脱衣舞的人了！到底还是谢绝，转身往相反方向的住处回去，头脑混沌中那一帧图画却清晰在眼前——天空宽广，夜色明亮，东村街道却是昏暗的，其时，东村是危险地带，充斥反社会力量，他，瘦高瘦高的，指间夹一支烟，侧着身，乜斜笑眼：本世纪最后一个邀请看脱衣舞的人！说话的当口，新世纪刚拉开帷幕，后面是百年光阴。

认识张北海，还在更早，上世纪80年代，跟随母亲茹志鹃和吴祖光先生，受聂华苓邀请，参加艾奥瓦大学国际写作计划，三个月驻校期满，出发东西岸，第一站华盛顿，第二站即纽约。纽约的行旅分两部，前部住城外陈幼石家，后半部移进市区，由张北海负责。我们一行三人在朋友们的接力中传递，一手交一手。这样的交接链不止依旅行路线而设置，更决定于一种潜在因素。朋友们多来自台湾，他们先期出发和到达，已完成学业，安家立业。大陆的留学生尚在奋斗的初始，前途未定，去向不明。也是很后来才得知，这些台湾的大朋友属同一群体，那就是，70年代“保钓运动”。聂华苓为我们安排的攻略，实质上沿袭老师她亲历的自由中国事件以降，台湾民主进程的历史。这一回住校纽约，专门飞艾奥瓦看望老师，我们一起去为保罗·安格尔扫墓。墓园的名字叫“橡树”，墓冢布在漫坡的橡树之间。三月的早春，气温依然很低，这一天又格外的风大，冲洗墓碑的水柱被刮得左右摇曳。泪流如注，不知是风吹还是伤心。老师告诉我，那年我随母亲去到艾奥瓦，保罗·安格尔说，她那么年轻，应该让她多看看世界。我还得知，我们的游美路线还有一个人参加意见，这个人就是陈映真。这一年的岁暮，陈映真在北京逝世，恰赶上为他送行，仿佛在与一个时代告别。

张北海的家在百老汇大街，与我们所住格林尼治村只十来分钟步行路程。现在，东村一扫颓废阴霾，归功于“9·11”之后的城市治安整顿，而我以为，多少也有社会趋向中产化的结果。格林尼治外部还保留着工业时代的粗犷，成为今日时尚一种。就如张北海带我们去的意大利酒吧，一百年前厂区工人喝酒打尖的小饭馆，垢迹斑斑的地砖，厕所壁上污言秽语，锡皮天花板腻着油烟。平常日子的下午，却也满满当当，门外还有等座的年轻男女，衣着夸张，行为孟浪，有一种明显刻意的嬉皮精神，其实已经不像了。

初见张北海，就觉得仿佛从插图上走下来的人物，英国小说蚀板画的插图，比如威尔基·柯林斯《月亮宝石》里患梦游症的富兰克林先生，比如说柯尔道南的大侦探福尔摩斯，等等。瘦削，颀长，穿一件长风衣，手持一柄雨伞，是不是还有一顶礼帽？可能真有，也可能想象中应该有。那时候，他在联合国工作，如他们这样，在“保钓运动”中被台湾当局吊销护照，正逢中国进入联合国，急募翻译和文员，在周恩来总理的动员下，纷纷响应。去联合国大楼参观，就是由他带领。退休以后，张北海的装束由长衣改短打，夹克和牛仔裤，颈上系一围巾，跳脱上班族身份，摇身变成自由顽童。从此，他就没有改变过形象。“9·11”那一年，站在东村街边，说：“本世纪最后一个邀请看脱衣舞的人。”就是这一个。肩上挎一个布包，徒步纽约街巷，作历史探底，是同一个他！这城市确实激发史心，不是幽古，而是抚今，也不是正史，是稗史野史。连我这个懒惰观光的人，在纽约游荡，也会生出编写指南的遐想。我设计的编撰方法是，将街头的绿牌子的文字，译写成册。绿牌子无处不在，记录着就地的掌故——比如一号地铁线终点，克利斯朵夫小花园铁丝网上的绿牌子上写，这里原是荷兰人的烟草地；又比如“金天鹅”咖啡馆，曾经，作家奥尼尔在这里酩酊大醉；还比如，中央公园西大街上，写的是发生一场车祸，推进了交通立法。张北海的计划当然不止于旅游手册，还要为纽约画像。他一边探秘，一边书写，已经出版一大摞。在此同时，他写作小说，长篇小说《侠隐》，电影人姜文购买下版权，正进入制作规划，所以又涉足了电影。写作的收益，经由太太批准，不必缴纳“国库”，自行支配，那天我们的餐饮费用，就是从中开销。我以为，张北海就是那种自小有文艺梦的人，又先天独厚。据说，他就读美国学校，家中专聘老师补习中文，补习老师是谁？叶嘉莹！如何了得。文青多半是激进政治左翼革命的主力，因对世界抱幻想，又有一颗不安分的心。现在，冷战结束，党争尘埃落定，各方面力量暂时平衡，人生终也纳入社会轨迹。在纽约，时常从张北海家门前经过，三十年前，资本主义的惊艳已入烟尘市廛，寻常人家。

总体来说，张北海受的是西洋教育，读美式学校，大半人生在美国度过，高脚凳上一坐，一杯威士忌在手，打开的却是中国话匣子。民国旧事在他描述中，是马克·吐温式的，也是小说《侠隐》的风格。要说，称得上跨时代的人，经历国难家难，易朝易主，谈笑间则一泯恩仇，相忘于江湖。有一回，谈及军阀割据，问哪一路比较三民主义，靠近革命。思忖一时，回答冯玉祥。因冯将军信奉基督教，就有“基督部队”之称，受洗一日，全体集合，立成方阵，水龙头接上橡皮管，开足了，遍地扫去，简直像“五四运动”，中外记者大骇。不知该当信史，还是小说，更像莎士比亚的宫廷戏剧，谐谑的桥段。

张北海领我们看纽约，有时候亲自注解，还有时委托他人代述。能得他承认，必非等闲。参观修道院博物馆，就是一位来自台湾的吴宜信女士。两家有世谊，应一句北方俗谚：萝卜不大——长在背（辈）上，论辈分，张北海在上。我以为，一方面出于伦理，我们是张北海带来的嘛；另一方面，也是对所学专业的热忱——吴博士在欧美读艺术史，专攻古典主义时期建筑，在博物馆教育部工作，博物馆每一石每一木，在她都是活物，是过往也是未来。讲和听的都入了迷，忘记时间。此刻，张北海独坐廊下石栏，周遭一切大约早已经烂熟于胸，又入忘川，看起来，心不在焉，眼光和思绪跑到幽远幽深处。是这石砌建筑来自的地方和时间，文艺复兴的意大利，那是文艺人的梦境；或者，赤道非洲，他在联合国工作的业务所在地，开车行走丛林部落，集市上，电影院里，放着李小龙的电影，这个邂逅仿佛历经几世几劫的三生石；大约，还是五台山，他的祖籍，老家房子曾经居住共产党将领，因而保存和修葺，开设红色经典纪念场馆，这又属哪一类的际遇和缘分？

展品中有一本小羊皮袖珍《圣经》，皮质细腻，色泽嫩白，大小仅在掌心。眼前忽就出现，少女堆纱叠绉的袖笼，纤纤小手握着小书，在阔大的厅堂里游走，这里坐坐，那里坐坐，寂寞的春闺，西洋的杜丽娘。看博物馆时，常会生出异想，不相干的事物不期然间迎撞在一处。

张北海还曾带去一处住宅博物馆，1862年至1920年，移民的住所。因房屋老旧，楼梯又窄，只能供一人上和下，所以就要控制人数，分时段进入。我们这一组总共十四人，只张北海一人为纽约居民，其余全是游客，其中俄国犹太人占多数，另有来自以色列和东欧。所参观房屋正是俄国犹太人的居所，房屋格式与上海新里弄堂相近，但更加局促狭小，人口又多，也和改革开放之前的上海相近。导游，一位黑女子，曾参加海湾战争，向我们出示当年户籍登记，一间前客堂居住一对夫妇和七个子女。讲述不外是生计的艰难，劳动力的廉价，前途无望，撑死也积累不起财富，然而，不都熬过来，一代一代繁衍，融入社会。我们在俄国犹太人社区看见过他们的集会，摊头上的小物件，绣品、首饰、套娃，有一些是旧货，看得出年头了，不知是不是大战时候带出来的。

临时搭起的台子上，年轻人跳着欢快的民族舞蹈，音乐放得震天响，明显的摇滚化了。参观时长一个钟点，前门集结，后门解散，晒台上可见紧邻的店铺招牌——“粥天下”三个中国字，正好晚饭。餐叙间，张北海有一时动容，因谈到老友郭松棻。

郭松棻李渝伉俪，当年为“保钓运动”二位健将，同为文友，写作小说，先后已成故人。老郭与张北海一并进入联合国，李渝则在纽约大学谋得教职。虽闻名久矣，但仅在数年前的马来西亚相识，李渝陪同聂华苓领取《星洲日报》花踪世界华文文学大奖。其时，郭松棻去世多年，再无面缘。这次来纽约大学，来往东亚系，常在旧人的办公室前经过，就会想起来，恍惚得很，不知怎么一来，仙俗两隔。张北海谈起老郭，一味地说“好”，再无多话。他和他，不只是运动的同袍，以文会友，更还是半生里你知和我知。老郭缠绵病榻之际，手无翻书之力，却勉励阅读《侠隐》，并写下孤立字句，让人情何以堪！

与张北海雅皮生活相异，刘大任是归去山林。前者隐于市，后者隐于野，无论何隐，终究保持一点世俗心，就是写作小说。张北海的“本传”里，我们大约可挤入“交游”一档，“刘大任”三个字，却只在声闻，这一回见面，亦可称闻风而动。夫妇二人“保钓”出身——是携手革命，还是革命促成？“保钓”人士往往夫妇同志，从一而终。王渝，主编《侨报》，倘前二人谓“中隐”和“小隐”，此可算得“大隐隐于朝”的“大隐”。如今事业移交下一代新侨，退下岗位，凡海峡两地文友来到，必尽地主之谊，茶饭聚谈。方才送走诗人宋琳，我们又接踵到来。就是她，告诉说，刘大任近作《当下四重奏》很值得一读。先到图书馆借阅，只到手两本旧作，新一本已借出，正在预约的流转中，与其坐等，不如主动出击，向刘大任直接索讨。动念寻找刘大任，王渝却离开纽约，在外旅行，有时在天上，有时在海上，踪迹难觅，就得另辟蹊径，迂回进行。

还是从高中入手，书店是读书人的社交中心，又加上老板的热肚热肠。高中本人与刘大任并无交集，但他的人脉广呀，牵枝攀藤，总能连得上。果然，他有一名交好，称得上纽约百事通，谁？高友工！1983年11月，我们艾奥瓦一行从华盛顿下到纽约，住陈幼石家，当晚主人便举办餐宴，接风洗尘。当年的我，少不更事，又孤陋寡闻，不知道轻重。后来，渐渐明白宾主的分量，可谓前后朝的衔接与过渡，而自己，在浑然中与历史擦肩而过。庆幸的是，人和事一概记录详细，有案可查。那一晚上，就有他，高友工。至今还记得他的样貌，是一个好看的男人，面色清朗，提一具黑色小皮箱，随时打开翻阅资料，如同彼时的手提电脑。他任教普林斯顿大学，每周末必来纽约，两头通勤，他热爱纽约。众人纷纷议论，如何了解纽约的本相，有说看百货公司购物大潮；有说同性恋酒吧，格林尼治村有一家最著名，名叫“九个零”；高友工的意见是看戏！现在，退休的他定居纽约，住布鲁克林，但沉疴在身，不便于行。他竟然还记得我，三十多年前那个鲁莽、轻率、无知的年轻人。如今，我远超过他那时的年龄，知道他，也知道自己是什么人。我极想探望他，但由高中传去的意愿始终没得到回应，显然，他闭门谢客。等我们回到上海，不久便传来他去世的消息，在他末年，能够通上消息，这一点缘分应该知足了。

虽然没有见面，凡有问题，总给予解决与应答，这一回也是。高先生并不直接与刘大任有联络，但指出问津之路，那就是江青。此江青非彼江青，之前多年便大名盈耳。还是那一年，1983，初到纽约，陈幼石座上宾，有一位郑培凯，也是“保钓”分子，他负责带我们逛街，他的临时住所也纳入观光项目。他借住在格林尼治村的艺术家公寓兼工作室，一大个空间，完全没有区隔，透露出早先的工业用途。这是一个舞蹈家朋友的房子，本人去中国旅行，归期在即，所以，就面临搬家。看起来，郑培凯过着一种波希米亚人的生活。我想，那个房主，中国舞蹈家，应该就是江青。现在，江青的住宅是在下东城的华尔街。关于她，我还知道，曾担任香港城市舞蹈团总监，后任则是我们上海的舒巧。

江青果然知道刘大任行径，立即联络餐聚，地点定在下城哈德孙河边，中国餐馆“倾国”，主打上海菜；另有一家“倾城”，开在中城，招牌四川菜。老板同为一对中国夫妇，退出华尔街，经营餐饮。走进“倾国”，便看出创业者思路，一改唐人街旧貌，中国餐馆到达彼方，仿佛落了草，就生出绿林风气，有些野蛮。而“倾国”，却是现代模式，建筑、装潢、空间划分、灯光布局、桌椅餐具，概为抽象派，立体几何形制，间有沪上符号点缀：月份牌、旗袍、苏绣、留声机，客人则年轻华丽一族。菜肴走日本路线，量少精致，仿若美术，多少有违上海食风的粗放，就显得局促了。早早在门前迎接，先进来一位女客，我口口声声称之“江青”，她不应不辞，一径往里面走，到席前方才说：我很高兴你把我认作江青，江青是——她迟疑地接下去说——是那样的，见了自然知道。她放弃描绘，坐下了。原来是刘大任太太洁英，贞静中的豪直。我知道二位都是狂飙中的骁勇，激情平息，遗韵犹在。刘大任停车完毕，第二登场，出发新泽西，开车一小时多，却不见有疲态。看他灰白发，硬朗身，真有“种豆南山下”的稼穑气质。坐定就取出书若干本，其中有《当下四重奏》。江青最末一个到，果然独一份。先前我们交涉餐桌，希望换一个隐蔽的位置，便于谈话，碰壁而归。但店家却买她的账，开口即成，立时移到背静一隅。餐毕，先送刘大任李洁英到泊车地方上路，再陪江青回家。只见她移步如飞，衣袂飘兮，灯光照在卵石路上，再从铁铸桥梁底下穿行，说过了，这城市是钢铁铸成，踉跄尾随其背影，真像观摩一场现代舞蹈。之后，我们与江青又打交道一回，换了舞台，是拥簇嘈杂的唐人街，天下小雨。随即，她便去了瑞典，斯德哥尔摩边上的小岛，从纽约消失，惊鸿一瞥。

我们如约去新泽西刘大任李洁英的家。一早从宾州火车站出发，终于经历了通勤族的尖峰时刻。无数条步道和滚梯载着人流，合纵连横，湍急而下。看《天才捕手》电影，珀金斯和沃尔夫也是在宾州火车站出发，也是十二号站台，但去的是康涅狄格州新迦南镇，我们则是新泽西普林斯顿一站。珀金斯他们是在蒸汽机时代，车头喷着鼻息，聚散之间，引擎发动，车轮与铁轨咬得嘎吱响。虽然动力装置进步，但那一种紧张的气氛依旧。火车从灰暗的车站穹顶开出，穿过隧道，视野刹那间明媚起来。车厢里人不多，但停靠频繁，相隔十来分钟就是一站，相当于我们的慢车。由于不停地询问到没到我们要去的地方，车掌索性坐到后排，随时提醒。美国的铁路不怎么样，老而旧，但车掌一律不错。去波士顿时，全车满座，只得栖身车厢衔接处，就有女车掌建议去餐车，二元一杯咖啡，即可入座。餐车安度数站，有男车掌过来，说有人下车，已锁定空位，让留下行李由先生负责，我一人先跟他去。穿越两节车厢，护送到位就座，他又折回头去带人。稍过一时，果见另一半拖曳大小包吭哧吭哧过来了。为什么要分两批行动？大约是为疏通起见，不致壅塞过道，也体现出对女性的体恤。

从人潮涌动、市声喧哗的纽约，来到新泽西的平原，好比换了人间。阳光普照大地，一望无际。露天下的小站，背后绿草茵茵，花枝扶疏，野蜂飞舞。列车悄然停下，又悄然启动，载走一些人，留下一些人。到了普林斯顿一站，车掌大叫一声，停稳后，拉开车门，跨出去，转眼间，火车渐行渐远，消失在视线之外。四下里静极了——蜂的嗡嘤变得响亮，几乎看得见翅翼搅动，一波一波的波纹。碧青的苍穹，无穷大的弧度。越过站台的木栅栏，刘大任在向我们招手。他穿T恤和短裤，戴一顶棒球帽，显得年轻，仿佛当年的英俊少年。这一日，刘大任、洁英，带上我们，往来新泽西和宾夕法尼亚之间。车跑在公路上，向着地平线，似乎有一种镜像的效果，一个自己看见另一个自己，小小的，甲壳虫一般，在巨大的球面移动。刘大任的园子，球面上的一个点，小到不能再小，可是身在其中，却觉得广大，而且，还在继续开发。他就像一个拓荒者，挥着镢头，一下一下，刨开处女地，播上草种，栽下杂树，杂树开出花来，花果成畦，灌木包围。儿女们的家分布左右，呼之即来，驱之即去，是个“联邦共和国”。这个“共和国”，在《当下四重奏》里，叫作“简家寨”。

祁莲在艾奥瓦执教农科，她还记得当年在纽约，陪我买靴子的情景。她说：我们几个左翼青年，目睹社会主义女孩子，被资本主义迅速物化！那一晚，从聂华苓家出来，她开车送我们回酒店，十字路口等信号灯，指给我看街角上的窗户，那是她的实验室。许多许多物种，相干和不相干，已知和未知，在瓶瓶罐罐里培养、分裂、合成、转化，演变出一个新世界。1983年，旅行美国，从这只手接力到那只手，这些大朋友的手，至今还在温暖我，推助我，教育我。那一次居住美国，总共一百二十天，一天不落，天天记录，事事记录，实在琐碎，甚至无聊，如今却可当作一份备忘。从日记看，从中部到东岸，再从东岸到西岸，一路接应的有：叶芸芸、余珍珠、王正方、孙小铃、时钟雯、郑愁予、梅芳、郑清茂、张光直、杜维明、陈若曦、老沈、小李、曾先生、小蔡、小杨……其中偶有再次邂逅，大多天各一方，音信杳然，我想念他们所有人！

2017年5月13日上海

原载《北京文学》2017年第8—11期

图书在版编目（CIP）数据

此生须尽兴 / 余华等著；北京文学月刊社主编 . --
北京：北京联合出版公司，2020.9（2022.12 重印）
ISBN 978-7-5596-4475-6

Ⅰ . ①此… Ⅱ . ①余… ②北… Ⅲ . ①散文集—中国
—当代 Ⅳ . ① I267

中国版本图书馆 CIP 数据核字（2020）第 142519 号

此生须尽兴
作　　者： 余　华　王安忆　池　莉　等
主　　编： 北京文学月刊社
出 品 人： 赵红仕
产品经理： 黄钰画
责任编辑： 牛炜征
版式设计： 李晓壮
责任编审： 赵　娜

北京联合出版公司出版
（北京市西城区德外大街 83 号楼 9 层 100088）
北京华景时代文化传媒有限公司发行
北京文昌阁彩色印刷有限责任公司印刷　　新华书店经销
字数 185 千字　　690 毫米 ×980 毫米　　1/16　　13.5 印张
2020 年 9 月第 1 版　　2022 年 12 月第 4 次印刷
ISBN：978-7-5596-4475-6
定价：38.00 元